Schmerz Camp

Patty Kim Hamilton

Suhrkamp Theater

Klimaneutral
Druckprodukt
ClimatePartner.com/14438-2110-1001

Erste Auflage 2024
Deutsche Erstausgabe

Uraufführung 16.11.2023, Theater Bremen, Regie: Christiane Pohle

Umschlaggestaltung und Satz: studio hanli, Berlin
Umschlagfotos: Max Zerrahn
Illustrationen: LiLi 丽丽 Nacht
Druck: C. H. Beck, Nördlingen
Printed in Germany
ISBN 978-3-518-43182-5

www.suhrkamp.de

Schmerz Camp

Figuren:

Die Junge Patientin - Ende 20

Frau von R - Ende 70

Frau Sonnenschein (die Älteste der älteren Frauen) - Anfang 80

Frau Elif Bulut (die Jüngste der älteren Frauen) - Ende 50 oder Anfang 60. Sie ist eine in diesem Land geborene, türkischstämmige Person.

Frau K - Mitte 70

Frau X - Mitte 60. Sie ist nicht in diesem Land aufgewachsen.

Stefanie (die andere junge Patientin) - Mitte 20

Krankenschwester/Pfleger/Arzt/Heilpraktiker/Therapeuten/Psychologin - *können alle von den Frauen gespielt werden.*

Note:

Grundsätzlich sollte nicht direkt angenommen werden, dass alle Figuren weiß *sind.*
Die Autorin freut sich auf den Austausch zur Besetzung der Figuren.
Die Spielerinnen müssen nicht so alt sein wie die Figuren, aber sie sollten, wenn möglich, eine ältere Körperlichkeit performen.

Ein Enjambement (ein Zeilenumbruch ohne Satzzeichen) bezeichnet die rhythmische, leichte Betonung auf dem ersten Wort der nächsten Zeile.

CHOR*-Stellen gehören allen.*

BILDER *sind Performances, in der Tradition von Ana Mendieta oder Yoko Ono. Jede Performance sollte gleichzeitig als Video projiziert und live auf der Bühne gespielt werden. Am besten ist es, wenn das Video die Performance in der Außenwelt (im Wald, im Wasser) zeigt. Was die Performerin konkret auf der Bühne macht, kann gern mit der Regie entwickelt werden, sollte aber die Performance auf der Leinwand/im Video spiegeln (ihr nahestehen, sie komplementieren) bzw. das Gefühl des Bildes übertragen. Wichtig ist, dass beides gleichzeitig passiert.*

Alle Zimmer haben riesige Fenster.

Es gibt in diesem Stück kein Schreien, außer es ist im Text angedeutet.

Wichtig zu verstehen ist – Dieser Text ist kein Klagelied.
Sonst ist alles im Text, was gebraucht wird, um zu spielen.

Die Kur bestand in der Tat nur im Liegen. Wochen und Wochen geschah sonst nichts. Tag und Nacht, liegen und schweigen. Langsam und immer mehr gewöhnte ich mich daran, und es schien mir manchmal, als ob ich seit Jahren in dieser Anstalt gelebt hätte.

— Mirok Li, *Vom Yalu bis zur Isar*

Ordinarily to look at the sky for any length of time is impossible ... Now, become as the leaf or daisy, lying recumbent, staring straight up, the sky is discovered to be something so different from this that really it is a little shocking. This then has been going on without our knowing it! – this incessant making up of shapes and casting them down ... this incessant ringing up and down of curtains of light and shade, this interminable experiment with gold shafts and blue shadows ... – this endless activity, with the waste of Heaven knows how many millions horsepower of energy ...

— Virginia Woolf, *On Being Ill*

WARTEZIMMER

SECHS FRAUEN SITZEN IN EINEM WARTEZIMMER. ALLES IST GRELL. ES GIBT EINE RIESIGE TÜR, EIN RIESIGES FENSTER.
SIE SITZEN UND WARTEN. SIE SIND GANZ STILL.

VON DER SEITE KOMMT ***DIE JUNGE PATIENTIN.*** *SIE TRÄGT EINE GROẞE MAPPE MIT ÄRZTLICHEN BEFUNDEN. DIE MAPPE FÄLLT AUF DEN BODEN, ALLE FRAUEN SCHAUEN SIE IN EINER GEMEINSAMEN BEWEGUNG AN.*

DIE JUNGE PATIENTIN *FINDET EINEN PLATZ. ALLE SCHAUEN WIEDER IN EINER BEWEGUNG AUF IHRE HÄNDE, AUS DEM FENSTER. SIE WARTEN WEITER. SIE SIND GANZ STILL.*

Draußen ist der graue Himmel.

Licht aus.

CHOR DER FRAUEN, VERKLEIDET ALS KRANKENSCHWESTERN
GUTEN MORGEN
WIR FREUEN UNS, SIE IN UNSERER KLINIK – UNSERER WELTBERÜHMTEN KLINIK – BEGRÜẞEN ZU DÜRFEN. UNSERE PATIENTINNEN KOMMEN OFT VON SEHR WEIT HER UND WIR BEDANKEN UNS FÜR IHR VERTRAUEN.
WIR SAGEN PATIENTINNEN, WEIL ES MOMENTAN KEINE PATIENTEN BEI UNS GIBT.
ES GIBT SIE GRUNDSÄTZLICH FAST NIE.

ABER, WEITER: DA SIE FÜR LÄNGERE ZEIT BEI UNS SIND, VERSUCHEN WIR ES HIER SO FÜR SIE ZU GESTALTEN, DASS SIE SICH ZUHAUSE FÜHLEN. DAFÜR GIBT ES EIN PAAR REGELN, DAMIT WIR AUFEINANDER ACHTGEBEN KÖNNEN!

I. DAS VERLASSEN DES GELÄNDES IST **VERBOTEN**. SONST WISSEN WIR NICHT, WO SIE SIND, UND MACHEN UNS SORGEN. ES TUT UNS LEID. WIR SAGEN UNGERN NEIN.

II. ES GIBT ZUM BEISPIEL EIN **BESUCHSVERBOT**. WIR HABEN BEOBACHTET, DASS WIR MEHR ERFOLGE OHNE BESUCHE ERZIELEN. BITTE ALSO KEINE ANFRAGEN WEGEN BESUCHERN, WIE GESAGT, WIR SAGEN UNGERN NEIN.

III. ALLE THERAPIEN WERDEN FÜR SIE INDIVIDUELL AUSGESUCHT, UM IHRE HEILUNG ZU FÖRDERN. DESHALB MÜSSEN SIE ALSO BEI **ALLEN THERAPIEN MITMACHEN**

UND IHREN ZEITPLAN UNTERSCHREIBEN LASSEN. (DIESER IST WICHTIG FÜR DIE KRANKENKASSE, DIE IHRE THERAPIEN ÜBERNIMMT).

WENN IHRE SCHMERZEN SIE DAVON ABHALTEN, AN EINER THERAPIE TEILZUNEHMEN, BITTEN WIR SIE, DIES IM SCHWESTERNZIMMER ANZUMELDEN. WENN IHRE SCHMERZEN SIE DAVON ABHALTEN, DIES IM SCHWESTERNZIMMER ANZUMELDEN, KÖNNEN SIE UNS TELEFONISCH INFORMIEREN. DAS TELEFON IST NEBEN IHREM BETT, WIE IN EINEM HOTEL. WIR MÖCHTEN ABER MITTEILEN: WIR SIND KEIN HOTEL, WIR SIND EINE KLINIK, UND UNSERE PFLEGEKRÄFTE SIND WIE IN ALLEN ANSTALTEN ÜBERARBEITET! BITTE VERLANGEN SIE VON IHREN PFLEGEKRÄFTEN KEINE HOTELBEHANDLUNG!!! DAS PASSIERT LEIDER ÖFTER UND DARUM MÜSSEN WIR ES HIER ANSPRECHEN ALSO – EHM. ENTSCHULDIGUNG.
Pause.

BEI UNS GILT LEIDER EIN **KÖRPERKONTAKTVERBOT**. DIES IST DAZU DA, DAMIT SICH KEINE PATIENTIN AUSGESCHLOSSEN ODER EINSAM FÜHLT UND DAMIT ANSTECKENDE KRANKHEITEN NICHT WEITERGEGEBEN WERDEN. UMARMUNGEN SIND ALSO UNTERSAGT. WIR WISSEN, DASS DAS VIELEN VON IHNEN SCHWERFÄLLT, UND BITTEN UM IHR VERSTÄNDNIS.

ALLE WEITEREN REGELN UND IHREN ZEITPLAN FINDEN SIE IN IHRER MAPPE, DIE FÜR SIE PERSÖNLICH ZUSAMMENGESTELLT WURDE. WIR WÜNSCHEN IHNEN EINEN GUTEN AUFENTHALT – BLEIBEN SIE HOFFNUNGSVOLL. OHNE HOFFNUNG – KEIN ERFOLG!!!

SZENE
In der Kantine.

Frau Sonnenschein
Weinst du?

Frau K
Mathilde.

Frau Sonnenschein
Entschuldige.
Weinen Sie?

Frau K
Mathilde!

Frau Sonnenschein
Suchen Sie sich doch einfach einen Stuhl.
Es beißt hier keiner!

Frau K
Lass sie in Ruhe.
Pause.
Du bist neu, oder? Du kannst dich zu uns setzen.
Da steht bestimmt dein Name auf dem Plastiktablett.
Nicht?

Die Junge Patientin nickt.

Elif
Ich habe gedacht, die Fenster gehen nicht auf.

Frau von R
Was für ein Unsinn, wir brauchen doch frische Luft.

Frau X
Meine Mutter hat immer gesagt, wenn du krank bist, geh nach draußen. Die Luft macht dich besser.

Elif
Es ist ja so hoch.

Frau von R
Ich habe die ganze Nacht mit dem Fenster auf Kipp geschlafen.

Frau X
Aber es hat geregnet.

Frau von R
Sonst kann ich nicht einschlafen. Man schläft am besten, wenn es ein bisschen kühl ist.
Das weiß doch jeder. Das ist am gesündesten. Heute Morgen habe ich sogar durchgelüftet. Das muss auch gemacht werden, sonst kriegt man Schimmel!
Also – die Fenster gehen auf. Punkt.

Elif
Ja, meinte ich ja. Ich hatte es falsch im Kopf,
Aber – denkt ihr nicht – dass das gefährlich ist?
Dritter Stock, harter Backstein im Hof.
Nicht mal Gras. Also ich würde nicht so nah ans Fenster treten.
Pause. Keine reagiert.

Ich will doch nicht morgens runterschauen und irgendwer liegt da –

Frau von R
Hören Sie bitte auf, wir essen.
Das ist unappetitlich.

Frau K
Ja, lass uns doch über was Schöneres sprechen. Zum Beispiel, dass ihr bald nach Hause fahrt.

Frau Sonnenschein
Na ja – wenn sie uns gehen lassen.

Frau K *(zu der Jungen Patientin)*
Sie macht gern Witze. Lass dich nicht verängstigen.

Die Junge Patientin nickt.

Die Junge Patientin
Bin nur etwas überfordert.

Frau Sonnenschein
Man gewöhnt sich dran.

Frau K
War deine Reise sehr lang? Ich bin 14 Stunden mit der Bahn gefahren.

Frau X
Also –
Ich würde gerne länger bleiben. Aber ich vermisse meinen Mann.

Frau Sonnenschein
(zeigt auf Frau K) Ihr Mann ruft die ganze Zeit an und fragt, wie Sachen aufzutauen sind.

Frau K
Mein Sohn hat gesagt, dass sie an den meisten Tagen eh ins Restaurant gehen.
Dabei hab ich so viel vorbereitet.
Auftauen ist doch nicht so schwer.

Elif schreit einen schrecklichen Schrei und greift sich an den Schädel.

Elif
OH GOTT.
OH GOTT.

Die Junge Patientin
Was –
Brauchen Sie … Hilfe?

Eine Schwester kommt.

Die Schwester
Wir bringen Sie aufs Zimmer, alles gut.
Alles gut.

Elif wird weggetragen.

Elif
OH GOTT.
OH GOTT.

Frau K
(zur Jungen Patientin) Keine Sorge, Maus. Manche haben Schmerzattacken, aber das geht normalerweise schnell vorbei.

Frau Sonnenschein
Man gewöhnt sich dran.

Frau K
Worüber haben wir gerade –
Ach ja, ich würde auch freiwillig gerne länger bleiben.
Sobald ich zuhause bin, muss ich ja eh nur wieder kochen und putzen!
Die Frauen schmunzeln. Frau X nickt. Vielleicht lacht die eine oder andere.
Ich hätte aber gern Besuch. Von meinem Sohn. Wir stehen uns sehr nah.

Frau von R
Auf gar keinen Fall. Gott sei Dank kann mich hier keiner stören.

SZENE
Visite.

Arzt
Machen Sie etwas zur Entspannung?

Frau von R *(angespannt)*
Ich kriege wöchentlich eine Massage.

Arzt
Haben Sie sich mit der Progressiven Muskelrelaxation auseinandergesetzt?
Der Achtsamkeit?
Der Meditation?

Frau von R
An so was glaube ich nicht.

Arzt
Daran müssen Sie nicht »glauben«. Die Wirkung dieser Therapien ist durch viele Studien wissenschaftlich bewiesen –

Frau von R
An so was bin ich nicht interessiert.
Ich möchte Medikamente. Andere! Oder eine OP.

Arzt
Ich verstehe Ihr Anliegen –

Frau von R
Was Sie machen **müssen** – ist etwas **tun**!

Sie sind doch Arzt!
Wieso können Sie mir nicht helfen?

Arzt
Bitte, bleiben Sie ruhig.
Sie kriegen ja schon Medikamente.

Frau von R
Mit Verlaub, Sie wissen anscheinend von NICHTS.
Ihre Medikamente sind NUTZLOS! Ich brauche jetzt etwas.

Arzt
Es dauert leider immer mehrere Wochen –

Frau von R
Bringen Sie mir etwas anderes. Machen Sie mich gesund!
MACHEN SIE DOCH EINFACH IHRE VERDAMMTE ARBEIT!
DAFÜR WERDEN SIE DOCH BEZAHLT, ODER?

SZENE
Im Therapieraum.
Die älteren Frauen und die Junge Patientin sitzen in einem Halbkreis.

Die Heileurythmietherapeutin
Und bringen Sie Ihre Hände so nach oben, sehr langsam und behutsam.
Und so runter
Ich sage dann: H-ah! H-ah!
Spüren Sie das?
Das machen Sie mit einer Energie, also, langsam, aber mit Stärke.
H-ah! H-ah!
Und alle zusammen!
H-ah! H-ah!

Alle
H-ah! H-ah!

Sie sehen alle lächerlich aus.
Mehrere der älteren Damen sehen sich genervt um.

Die Heileurythmietherapeutin
Und jetzt
Das I
Einer meiner Lieblinge.
Ich mache das super oft in der Bahn
Oder wenn ich draußen bin.
Einfach um mich zu stärken
Also zu wissen, dass es von innen eine Stärke gibt, wissen Sie?

Diese Arbeit, sie kann Ihren Alltag echt stark beeinflussen.
Und dadurch auch die Schmerzen
Also wir machen das jetzt.
So, ganz fest zusammenhalten. Und nach vorne wippen
Und nach hinten.
Dazu sage ich dann
Iiiii
Iiiii
Und jetzt zusammen

Alle
Iiihhhh
Iiihhhh

Alle wippen.

Die Heileurythmietherapeutin
Wunderbar!
Das machen Sie alle sehr gut.
Ich spüre das richtig stark in mir drin.
Lassen Sie es uns nochmal machen –

Alle (außer Frau Sonnenschein)
IIihhhhhh.
IIihhhhh.

Frau Sonnenschein geht aus dem Kreis und legt sich auf den Boden.

Die Heileurythmietherapeutin
Ehm.
Frau Sonnenschein, geht es Ihnen gut?

Frau Sonnenschein
Ja.
Jetzt schon.

Pause.

Die Heileurythmietherapeutin
Möchten Sie ein Glas Wasser?

Frau Sonnenschein
Nein, ich will einfach nicht mehr mitmachen.

Die Heileurythmietherapeutin
Aha.
Ehm.
O.K.
Ja.
Dann.
Pause.
Sie wissen, dass Sie eigentlich mitmachen müssen?
Also damit die Krankenkasse bezahlt?

Frau Sonnenschein
Ich muss nur da sein. Das hat der Arzt mir so erklärt.

Die Heileurythmietherapeutin
Aha.
... o.k.
Ja.
Sie verpassen aber meine allerliebste Kombination:
Tz tz tz, D-ih!

Pause.

Frau Sonnenschein.
Schade.

Frau X
Oh ja! Die ist toll.

Die Heileurythmietherapeutin
Genau. *(zu Frau X)* Ich liebe Ihre Energie!

Die Junge Patientin versucht, nicht zu lachen.

Die Heileurythmietherapeutin
(an die Junge Patientin) Brauchen Sie auch ein Glas Wasser?
Bitte in Ihren Ellenbogen husten.

Die Junge Patientin
Nein, nein. Alles gut. Hab mich verschluckt.

Die Heileurythmietherapeutin
O.K. Na ja, dann machen wir einfach weiter.
Also, erinnern sich alle oder braucht jemand
eine Einführung?
Nein? O.K. Dann, alle zusammen, wir machen es das erste Mal sehr langsam und dann ein zweites Mal schneller.
Also, erst Wasser schöpfen –

Alle machen eine Handbewegung, so, als würden sie dreimal Wasser schöpfen.

Alle (außer Frau Sonnenschein) *(langsam)*
Tz tz tz

Die Heileurythmietherapeutin
Und jetzt, mit Kraft direkt runter mit beiden Händen!

Alle (von hier an immer außer Frau Sonnenschein)
D-ih!

Die Heileurythmietherapeutin
Wow!
Ich bin von Ihnen begeistert. Echt klasse.
Ich habe es gespürt. Sie auch?
O.K., wir machen es noch einmal, etwas schneller. Also, alle zusammen

Alle *(mit Handbewegungen)*
Tz tz tz
D-ih!

Die Heileurythmietherapeutin
Und nochmal, schneller!

Alle *(mit Handbewegungen)*
Tz tz tz
D-ih!

Die Heileurythmietherapeutin
Und nochmal, gaaaaanz langsam.

Alle *(mit Handbewegungen)*
Tz … tz … tz …
D-iiiiiiih.

Die Heileurythmietherapeutin
Sie machen das alle sehr gut mit diesen Kombinationen.

Spüren Sie das?
Spüren Sie es in Ihnen?
Bewegt es nicht Ihre Heilung
Ihre INNERE RUHE
Ich spüre es
Es fließt aus Ihren Poren
In unser Energiefeld
Wir –
Pause.
Lasst uns wieder sitzen und kurz über die Stunde sprechen.

Alle rücken Stühle in den Kreis, außer Frau Sonnenschein, die sich weiterhin auf dem Boden befindet.

Die Heileurythmietherapeutin
Frau Sonnenschein, wollen Sie sich nicht zu uns setzen?

Frau Sonnenschein
Ich habe es sehr bequem, danke.

Die Heileurythmietherapeutin
… O.K.
Pause.
(zu den anderen)
Wie geht es Ihnen?
Ja?
Fühlen Sie sich etwas besser als davor?

Ein Halb-Nicken.

Die Heileurythmietherapeutin
Es freut mich so, dass ich diese Therapie mit Ihnen teilen kann.

Das ist ein Privileg, verstehen Sie
Dass die
Krankenkasse für so etwas bezahlt
Also
In den wenigsten Krankenhäusern –
Schreiben Sie sich auf, welche der Übungen Ihnen helfen.
Und machen Sie diese mehrmals am Tag!
Es muss eine Praxis sein.
Es ist eine Lebensveränderung
Eine INNERE STILLE
Zu finden
Das ist eine kontinuierliche
Arbeit –
Also nein, keine Arbeit –
Wir wollen hier nicht
Arbeiten
Eher das
Gegenteil
Es ist – es sind
Viele Schritte
Für eine Lebensveränderung
Die zu der Verminderung
Ihrer Schmerzen führen wird.
Ein langsamer, kontinuierlicher
Prozess!
Pause.
Danke.
Danke für diese wundervolle, gemeinsame Stunde.

Die Frauen nicken nochmals. Alle machen sich auf den Weg. Sie ziehen Pullover, Jacken über. Stiefel.

Wir sehen uns dann am Donnerstag.
Ihre Terminkalender sind alle schon signiert.
Und für die, die nach Hause fahren, wünsche ich Erfolg bei ihrer Heilung.
Die Blätter mit den Übungen – kleben Sie sie auf Ihre Spiegel, zuhause oder in der Küche.
Irgendwo, wo Sie es oft sehen.
Damit es integriert werden kann
In Ihr Leben!
Pause.

Frau Sonnenschein ... brauchen Sie Hilfe, um aufzustehen?

Frau Sonnenschein.
Nein.

Die Therapeutin
Na. Dann.
Also.
Dann –

Pause. Sieht verzweifelt aus.

Bis Donnerstag.

Die Therapeutin geht.
Fast alle sind schon weg. Frau K geht zu Frau Sonnenschein.

Frau K
Mathilde.

Frau Sonnenschein
Annette.

Frau K
Warum bist du so?

Frau Sonnenschein
Ich mach den Scheiß nicht mehr mit.

Frau K
Wir hatten doch gesagt, wir probieren mal mitzumachen.

Frau Sonnenschein
Du, du hast gesagt, du probierst mal mitzumachen.

Frau K
Wir hatten uns eigentlich geeinigt …

Frau Sonnenschein
Diese Therapeutin hat doch nicht alle Tassen im Schrank!

Frau K
Setz dich auf.
Gleich gibt es Mittagessen.

Frau Sonnenschein
… Hurra.
Brot und
Käse.

Frau K
Willst du rausgeschmissen werden?
Du weißt, wie schwierig es ist, hier einen Platz zu kriegen.

Frau Sonnenschein
Dachte, das würde hier ganz anders sein. Zuhause hab ich wenigstens meine Ruhe.

Frau K
Ja, klar. Da liegst du auch aufm Boden und kommst nicht weiter.
Pause.
Wo hast du Schmerzen?

Frau Sonnenschein
Ist doch egal. Überall.

Frau K
Nicht aufgeben.
Du brauchst nen Tapetenwechsel – wir könnten zum geheimen Café?
Pause.

Frau Sonnenschein *(setzt sich auf)*
Ich gebe nicht auf. Ich scheiß nur auf ihre Methode.
Iiiii!
Iiiiiii!

Frau K versucht Frau Sonnenschein hochzuhelfen, greift sich aber an den Rücken und verzerrt das Gesicht.

Frau Sonnenschein
Annette?

Frau K
Alles gut, alles gut. Komm, wir gehen.

WARTEZIMMER

ALLE FRAUEN IM WARTEZIMMER.
WARTEN.
DIE GROẞE TÜR GEHT AUF. ALLE SCHAUEN HOFFNUNGSVOLL.
EINE KRANKENPFLEGERIN NICKT ZU FRAU K
FRAU K STEHT AUF UND GEHT OHNE ZÖGERN DURCH DIE TÜR. (VIELLEICHT MACHT SIE EINE MIMIK WIE – ***HURRA!****)*
Elif, Frau von R, Frau X, Frau Sonnenschein, Die Junge Patientin und Stefanie BLEIBEN STILL, MIT ENTTÄUSCHTEN GESICHTERN. SIE WARTEN WEITER IM WARTEZIMMER.

SZENE
Das Zimmer von Elif und der Jungen Patientin.
Zwei Betten.

Elif
Gleich kommen sie.
Ich leide.

Die Junge Patientin
Wer kommt?

Elif
Die Schwestern. Aber sie bringen mir kein …
Das darfst du nicht weitersagen.

Die Junge Patientin
Mit wem sollte ich schon sprechen?

Elif
Auch egal. Sie bringen mir kein Hash. Auch nicht die Tröpfchen.
Das will ich ja, die Tröpfchen. Offiziell. Habe ich angefragt.
Ich brauche mein Gras.
Bin voll im Entzug. Deshalb ist es wieder so schlimm, ist alles andere als meine Routine.
Ich dachte, die schauen mir in die Tasche, wenn ich komme, wollte ja nichts falsch machen, rausgeschmissen werden. Aber es schert doch keinen, wie solln die das denn wissn?
Rauchst du Gras?
Bist ja jung –

Die Junge Patientin
Nee, wirklich selten. Immer wieder denk ich, dass es vielleicht helfen würde, aber –
die Schmerzen werden dann eher präsenter.

Elif
Bei mir gar nicht.
Hilft mir so sehr. Mein Gras.
Mein Mann rollt mir so kleine Joints immer, damit ich sie dann hab, zum Einschlafen. Die Schmerzen sind dann viel weniger. Ich hab auch mit dem Arzt gesprochen.
Du musst immer mit denen sprechen, o.k.? Für dich selber kämpfen, sonst nehmen die dich nicht ernst.
Denken, die können dich so abwedeln.
Na ja.
Ist schwer. Die Kassen wollen das nicht, die werfen dir lieber Opiate rein – die verdienen damit wohl mehr Geld.
Die Gras-Lobby ist nicht so stark wie die Opiate-Lobby.
Gibt es überhaupt eine Gras-Lobby?

Die Junge Patientin
Hm.

(Lange Pause)

Die Junge Patientin
Du – ich, ich glaub, ich hab noch Weed-Gummibärchen irgendwo in meinem Rucksack. Aus dem Ausland. Mir hilft es ja nicht so, aber ich dachte, ich bring sie einfach mal mit.

Elif
Gummibärchen?
Das kann ich doch nicht annehmen.

Die Junge Patientin
Ist doch kein Ding. Ich hab sie eh bei mir.

Elif
Nein, das kann ich nicht verlangen.

Die Junge Patientin
Es geht dir so schlecht. Lass mich dir was Gutes tun.

Elif
... wirklich?
Du bist so ein Engel. Du wirst schon sehen.
Irgendwie kommt das zu dir zurück – eine Hand wäscht die andere! Das verspreche ich dir!

BILD 1

Ein grüner Basketball-Court.
Das Wasser steht 20 Zentimeter hoch.
An dem Maschendrahtzaun hängen grüne Blätter.
Es ist nass.
Eine Frau trägt eine gelbe Regenjacke, einen Bikini und große Gummistiefel. Sie schlurft durch das Wasser, bis sie etwa in der Mitte ist.
Sie schaut raus zum Publikum.
Aus einer Tasche zieht sie einen riesigen Fisch.
Aus der anderen Tasche ein riesiges Messer.
Sie macht alles
Ganz
Langsam.
Sie beginnt den Fisch aufzuschlitzen.
Sie beginnt die inneren Organe des Fisches rauszunehmen
Sie hält die inneren Organe
Hoch
Vor ihren Augen.
Sie zieht das glibberige Blut durch ihre Finger.
Sie quetscht die Organe durch ihre Finger, an ihre Haut.
Vielleicht zieht sie die Organe über ihr Gesicht.
Zeit ist endlos.
Sie ist nur da, mit diesem Geruch und diesem Gefühl.
Sie schaut durch das Blut in das Publikum.
Den Fisch noch in der einen Hand.

Licht aus.

CHOR DER FRAUEN
AN WIE VIELEN TAGEN IM LETZTEN MONAT
HATTEN SIE DIE SCHMERZEN
AUF EINER SKALA VON EINS BIS ZEHN, WIE SIND
DIE SCHMERZEN ZURZEIT
AUF EINER SKALA VON EINS BIS ZEHN, WIE SIND
DIE SCHMERZEN IM DURCHSCHNITT IN DER
LETZTEN WOCHE
AHA
UND IM LETZTEN MONAT?
AHA
BITTE MARKIEREN SIE AUF DEM KÖRPER, AN
WELCHEN STELLEN DER SCHMERZ AUFGETRETEN
IST

BITTE BESCHREIBEN SIE DEN SCHMERZ MIT
IHREN EIGENEN WORTEN

JA ODER NEIN
DER SCHMERZ IST STECHEND
DER SCHMERZ IST GLÜHEND
DER SCHMERZ IST BRENNEND
POCHENED
SCHREIEND
KLOPFEND
ZIEHEND
ELEND
DER SCHMERZ WIRD BEI BERÜHRUNG VON
KLEIDERN UND OBJEKTEN SCHLIMMER

LEIDEN SIE AN SCHMERZATTACKEN
WIE LANGE DAUERN DIESE ATTACKEN

DURCHSCHNITTLICH?
WANN WAR IHRE LETZTE ATTACKE?

AUF WELCHE URSACHE FÜHREN SIE IHRE
SCHMERZEN ZURÜCK?

AN WIE VIELEN TAGEN IM LETZTEN MONAT
HABEN DIE SCHMERZEN IHREN ALLTAG (BEIM
ANKLEIDEN, WASCHEN, ESSEN, EINKAUFEN ET
CETERA) BEEINFLUSST?
IHRE FREIZEITAKTIVITÄTEN?
IHRE FAMILIE?
IHRE FREUNDE?
IHRE ARBEIT (HAUSARBEIT ZÄHLT HIER AUCH!)?

FÜHLTEN SIE SICH TROTZDEM INNERLICH
ERFÜLLT?
(EINE SKALA VON 1 BIS 5)
KONNTEN SIE SCHLAFEN?
KONNTEN SIE SICH FREUEN?
FÜHLTEN SIE SICH ALS PERSON ALS ETWAS WERT?
KONNTEN SIE POSITIVE GEFÜHLE EMPFINDEN?
EMPFANDEN SIE DAS LEBEN ALS SINNVOLL?
HABEN SIE GEZITTERT?
WAREN SIE EINEM WUTANFALL NAHE?

HABEN SIE NOCH WEITERE BEMERKUNGEN?

NEIN?
O.K. SECHS MONATE NACH EINREICHUNG IHRES
ANTRAGES HÖREN SIE VON UNS.

SZENE
Zwei Junge Patientinnen, eine davon ist Stefanie. Im Flur.

Die Junge Patientin
Oh.

Stefanie
Hallo! Raum 36, oder?
Bin ich hier richtig? Ach so ja. O.K. Seh es schon.
Schöne Hose.

Die Junge Patientin
Eh – danke.
Hast du dich verlaufen?

Stefanie
Nein, ich glaub, ich hab hier gleich PMR.
Du auch, oder? Schau, ja, wir haben das Gleiche in unserem Kalender.

Die Junge Patientin
Bist du …
… Ich dachte, du hilfst deiner Oma beim Einzug.

Stefanie
Nein, ne, haha, darf man gar nicht, hier ist doch Besuchsverbot.
Bin auch hier.
Also, Patientin.
Also, wie du.

Die Junge Patientin
Du hast –

Stefanie
Kopfschmerzen.

Die Junge Patientin
Aha.
Ja.
Genau. Ich auch.

Stefanie
Ja, die meisten, oder?
Und bei dir – wie lange?

Die Junge Patientin
3 Jahre.

Stefanie
Mm. Und immer?

Die Junge Patientin
Ja.
Und du?

Stefanie
Immer.
Pause.
Seit ich fünf bin.
Hat einfach angefangen, da war ich noch ganz klein, wurde immer schlimmer, blablabla.
Und jetzt jeden Tag.

Die Junge Patientin
Scheiße.

Stefanie
Schon.

Pause.

Die Junge Patientin
Sorry, ich hab noch niemanden in meinem Alter getroffen.
Und du ... läufst mit so viel Energie rum, ich dachte –

Stefanie
Uns gibt's. *(zuckt die Schultern)*

Die Junge Patientin
Die anderen sehen einfach die ganze Zeit so müde aus.
Ich auch.
Ich meine.
Pause. Lange Pause.
Das kommt vielleicht jetzt komisch –

Stefanie
Gar nicht.

Pause.

Die Junge Patientin
Wie hast du das so lange ausgehalten?
Ich meine nur –
Ich hab das »nur« drei Jahre, und ich –

Stefanie
Ich habe viele Interessen. Ich gebe Nachhilfe für Kinder aus »schwierigen Verhältnissen«, ich bin bei der Freiwilligen Feuerwehr, ich spiele Skat, ich bin bei der Frauenfußballmannschaft im Dorf.
Ich arbeite im Eventmanagement. Ich liebe Events! Hochzeiten find ich so toll.

Die Junge Patientin
Mit Dauermigräne?

Stefanie
Ob ich was mache oder nicht, es ist ja da. Da merk ich keinen Unterschied.

Die Junge Patientin
Ja, o.k., aber –

Stefanie
Ich will zuhause nicht in mich zusammenfallen. Das hilft nichts.
Pause.
Und ich liebe mein Leben. Ich liebe es – wirklich! Es gibt so viel zu tun, und ich mache es alles gerne, ich hab so viele Interessen – es ist nur
Die Schmerzen.
Machen es schwierig.
Meine Mutter sagt, ich habe zu viele INTERESSEN.

Die Junge Patientin
Hast du nicht manchmal das Gefühl, du brauchst mal ne Pause?

Einfach mal länger auf Pause drücken, damit es auch ankommt. Beim Körper.

Stefanie
Ach, ich weiß gar nicht, wie das gehen soll. Das sagen mir immer alle – aber –
Wenn ich Pause mache, sind mir die Schmerzen einfach noch mehr bewusst.
Ich hab ziemlich Angst, also, hier zu sein und –
Pause.
Lieber nicht.
Aber mal schauen, was die hier so sagen. Bin heute erst angekommen. Sind die Leute lieb?

Die Junge Patientin
Ja, nur …

Stefanie
Alt?
Sie lacht.
Hab ich mir irgendwie gedacht. Stört mich nicht.
Ich glaub, mein REAL AGE ist so 73. Ich geh früh ins Bett, trinke Tee, backe Kuchen.
Ich mag so alte Serien, ach, das ist so peinlich, ich – ich schau die ganze Zeit ZDF. Wie ne richtige Oma.

SZENE
Die Junge Patientin kommt in ihr Zimmer.

Die Junge Patientin
Was zum.

Elif
Schau mal! Die haben mich beschneckt! Ne, ne – be-egelt!

Die Junge Patientin
Leben die?

Elif
Schau, wie viel Blut da tropft – eine Schlacht auf meinem Knie.
Nicht zu nah kommen, sonst kriegen die Angst und fallen ab!

Die Junge Patientin
Und das wird von der Krankenkasse bezahlt? Und Gras nicht?

Elif
Ja, komisch, die Leute, die da oben entscheiden, oder?
Wow. Dieses Foto. Das muss ich direkt meiner Tochter schicken.
Ich ruf sie gleich an. Schau dir dieses Foto an.
Ne, ich mach gleich nen Video. Noch besser.
Also echt.
Der Hammer.
Pause. Sie filmt. Vielleicht wird das ganz groß projiziert.
Das Blut tropft ihre Haut runter.

Die eine ist schon abgefallen, blöd. Die entscheiden das irgendwie selber –.
Komm, komm. Kleb doch wieder.
Ah, scheiße.
Die will irgendwie nicht.

Die Junge Patientin
Tut das nicht weh?

Elif
Gar nicht.
Die haben irgendwas im Gaumen, irgend so nen –
Gift, das mit der Blutverarbeitung hilft. Macht irgendwie auch taub. Hat mir ne Heilpraktikerin mal erzählt, aber wenn du's da machst, man, das ist ja ne teure Sache.
19.99 pro Egel.
Na ja.
Mal sehen, ob das was macht.
Aber mein Knie sieht super aus, oder? Mit den ganzen Egeln.
Bin ganz hoffnungsvoll.
Bin ja eh immer hoffnungsvoll.

Die Junge Patientin
Ich wünschte, die könnten das an meinem Kopf machen.
Manchmal fühlt's sich an wie Platzen.
Ein kleines Loch, ein Biss an der Seite …

Elif
Geht's dir nicht gut heute, Maus?

Die Junge Patientin
Ich leg mich gleich hin.

Elif

(im Videochat)

Ah, ja. Liebling? Hörst du mich? Hallo? Schau mal, deine Mama hat dir was ganz Verrücktes zu zeigen.
Hast du Zeit? Ja. Schau doch, dieses Blutbad. Findest du das nicht großartig? Bin ganz nervös. Die sind gerade reingekommen und haben die Egel aus so nem blauen Plastikeimer auf mein Knie gelegt, bis die selber so ne Stelle fanden, wo die sich befestigen wollten. Wahnsinnstiere, oder? Liebling? Hörst du mich? –

WARTEZIMMER

Elif IST NICHT MEHR DABEI.
Frau von R, Frau X, Frau Sonnenschein, Die Junge Patientin und Stefanie WARTEN IM WARTEZIMMER.
Die Tür öffnet sich:

Die Krankenschwester zeigt auf Frau von R.

Diese steht auf, mit dramatischer Geste wie »ENDLICH!«.
Frau von R geht schnell und ohne Umdrehen durch die Tür.

SZENE
Mit der Psychologin im Büro.

Die Psychologin
Und, das muss ich leider fragen –

Stefanie
… O.K.

Die Psychologin
Wenn es weitere Attacken gibt,
wie hoch ist die Wahrscheinlichkeit, dass Sie sich das Leben nehmen?

Stefanie
Was? Nein, oh Gott – nein, also –
Ich? Schrecklich. Ich meine
Ich weiß nicht
Ich würde nicht sagen null
Aber mein Bauchgefühl ist null.

Pause.
Keiner sagt etwas.

Stefanie
Also, ich will Sie nicht anlügen.
Ich denke schon darüber nach, aber ich würde es nicht tun.
Pause.
Weil ich es nicht will.
Ich will eigentlich nicht nicht mehr da sein
Ich –
Das macht mir Angst.

Die Psychologin
Manchmal ist es gut, es einfach mal wieder auszusprechen.
Dass man leben will.

Stefanie
Ich möchte keine Schmerzen mehr haben.

Die Psychologin
Das ist total verständlich.
Aber, ehm.
Ich brauche eine Antwort, entweder Ja oder Nein. Das ist für das Formular, verstehen Sie?
Also, Sie meinten eher Nein. Leider gibt es keine weiteren Optionen zum Ankreuzen.

Stefanie
Dann Nein.

Die Psychologin
Also, Sie denken nicht darüber nach. O.K.

Stefanie
Na ja, also –

Die Psychologin
Also eher Ja?

Stefanie
Nein, nein.
Nein ist schon richtig.

DIE FRAUEN SCHREIEN.

SZENE
Visite. Im Zimmer von Elif und der Jungen Patientin.

Arzt
Guten Morgen.

Elif und Die Junge Patientin liegen auf ihren gemachten Betten.

Elif/Die Junge Patientin
Guten Morgen.

Arzt
Und wie haben Sie geschlafen?

Die Junge Patientin
Ehm.
Sie hat geschrien und gestöhnt.

Elif
Ja, anscheinend. Aber ich hab eigentlich gut geschlafen, kann mich an nichts erinnern.
Vielleicht wäre es besser, wenn ich ein Einzelzimmer hätte.
Da würde ich niemanden stören.
Heute Morgen tut mir alles weh. Ich vermisse meine Badewanne.

Arzt
Heute haben Sie Physiotherapie. Das wird Ihnen guttun.

Elif
Ja, aber –

Arzt
Und für Sie? Haben Sie es sich nochmal überlegt mit den Medikamenten?

Die Junge Patientin
Gibt es wirklich keine anderen Optionen? Ich würde lieber nicht –
Alles andere mach ich gerne – meditieren, Sport, essen, schlafen.
Und Physio jede Woche und andere Entspannungsmethoden und Körperarbeit ...

Elif
Physio mach ich mehrmals die Woche. Ich weiß, wie wichtig Physiotherapie ist. Ich war ja selber Krankenpflegerin.

Arzt
Das ist sehr gut.
(An die Junge Patientin)
Für viele sind die Medikamente wirksam. Sie können eine Last abnehmen. Sie machen schon so viel, vielleicht müssen Sie ein Medikament wirken lassen.
Ich weiß, das erste war nichts für Sie, aber es gibt für Ihre Art von Schmerzen insgesamt sieben medikamentöse Optionen. Jedes müsste man für sechs Monate ausprobieren. Sie haben also noch sechs Versuche. Vielleicht haben Sie Glück und das nächste Medikament ist das richtige.
Vertrauen Sie uns, wir kennen uns sehr gut aus und können einschätzen, was am besten zu Ihnen passt.

Die Junge Patientin
Wie ein paar Schuhe.

Arzt
Wie bitte?

Die Junge Patientin
Welches Medikament empfehlen Sie also?

Arzt
Bei Ihnen kommen zwei in Frage –

BILD 2

Eine Frau steht unter der Dusche. Ihr Gesicht kann man nicht erkennen.
Aus dem Wasserhahn kommt Blut.
Sie wäscht sich im Blut. Das Blut fließt aus der Dusche und unter die Ritze der Badezimmertür.
Sie bewegt sich mühsam, denn jede Bewegung ist Schmerz.
Ein Klopfen.
Es klopft weiter, mit mehr Intensität.
Ein ständiges Klopfen.

Licht aus.

SZENE
Bei der Physiotherapie. Ein Massagetisch.

Physiotherapeutin
Tut es Ihnen gut, hier zu sein?

Frau von R
Wenn ich ganz ehrlich bin, habe ich das Gefühl, dass Sie die einzige Therapeutin sind, die mir hilft. Wirklich hilft.

Physiotherapeutin
Das tut mir sehr leid, zu hören.

Frau von R
Haben Sie je überlegt, privat zu arbeiten? Ich könnte Ihnen ein gutes Angebot machen. Ein sehr gutes Angebot.

Physiotherapeutin
Oh. Ich fühle mich sehr geschmeichelt, aber –
Ich mag meine Arbeit hier sehr. Ich mag es, so vielen verschiedenen Menschen helfen zu können.

Frau von R
... schade.

Physiotherapeutin
Natürlich ist es traurig, dass ich den Menschen nahekomme und sie dann wieder gehen.

Frau von R
Kann man Sie irgendwie überzeugen?

Physiotherapeutin
Ich bin hier aufgewachsen. Ich will hier nicht weg.

Frau von R
Von diesem Kaff?
Entschuldigen Sie.

Physiotherapeutin
Ich liebe die Wälder.

Frau von R
Na ja.
Jede, wie sie mag.

Physiotherapeutin
Ja, genau. Das denk ich auch.
Ist das gerade gut?

Frau von R
Ja, das hilft so sehr.

Physiotherapeutin
Gut.
Pause.
Ich muss sagen, ich finde Ihr Tattoo – sehr – schön.
Ich sehe ja viele Tattoos, aber Ihres.
Es ist sehr besonders.
Darf ich fragen, ob es etwas bedeutet?

Pause.

Physiotherapeutin
Das müssen Sie natürlich nicht beantworten, ich wollte nicht –

Frau von R
Hatten Sie mal eine gute Freundin?

Physiotherapeutin
Ja, natürlich, also meine beste Freundin ...
Also, ja.

Pause.

Frau von R
Als ich 13 war, habe ich ein Mädchen in der Schule kennengelernt. Oder, eher, wir haben einander gefunden. Seit dem ersten Tag haben wir jeden Moment miteinander verbracht. Wir haben sogar im selben Bett geschlafen wie Schwestern.
Pause.
Sie war die Einzige, die meine Krankheit verstanden hat. Mich ins Bett gelegt hat, mir Wasser gebracht hat, etwas Kühles auf meiner Stirn ... Manchmal hat sie sich neben mich gelegt, sie hat einen Finger auf meine Schulter gelegt, ganz sanft. Sie sagte, »Hier tut es nicht weh«.
Pause.
Wir hatten einen Autounfall mit 20.

Stille.

Physiotherapeutin
Das tut mir sehr leid.

Stille.

Frau von R
Jeder hat seinen Preis.

Physiotherapeutin
Ich verstehe Sie nicht.

Frau von R
Geld ist nicht das Problem.
Sie könnten haben, was Sie wollen.

Physiotherapeutin
Ach so.
Pause.
Es tut mir leid, aber es geht mir wirklich nicht ums Geld.
Ich habe hier eine Berufung.

Stille.

Frau von R
Ich verstehe.
Pause.
Das heißt aber nicht, dass ich es nicht trotzdem versuchen werde.

Physiotherapeutin
(lacht) Wenn Sie das unbedingt tun wollen …

CHOR DER FRAUEN
FÜHLEN SIE SICH AUSGEBRANNT
LEER
KRAFTLOS
HABEN SIE EIN
AUSGEPRÄGTES HARMONIEBEDÜRFNIS
HABEN SIE DAS GEFÜHL, SIE WERDEN WIE VON
AUßEN GESTEUERT?
SIND SIE ERSCHÖPFT?
WIE SCHWER IST ES FÜR SIE, SICH ZU
ENTSCHEIDEN?
FÜHLEN SIE SICH DESILLUSIONIERT?
WIE OFT WEINEN SIE?
OFT?

Stefanie SCHREIT.
KONSTANT?
HABEN SIE DAS GEFÜHL, DASS SIE IMMER
INNERLICH WEINEN?
WIE IST ES MIT DEM SCHLAF?
KOMMEN SIE ZUR RUHE?
SCHWITZEN SIE?
WIE SIEHT IHRE NACHT AUS?

Stefanie SCHREIT.

SIND SIE HÄUFIG ERKÄLTET?
EMPFINDEN SIE EMPATHIE?
WIE FÜHLEN SIE SICH DER WELT GEGENÜBER?
IST IHR LEBEN VON BEDEUTUNG?
MIT WEM VERBRINGEN SIE IHRE ZEIT?
EMPFINDEN SIE IHREM LEBEN GEGENÜBER EINE
ART

INNERE KÜNDIGUNG?
FÜHLEN SIE SICH KALT
EMOTIONAL KALT?
WIE OFT WERDEN SIE WÜTEND?
OFT?
HABEN SIE ANFÄLLE VON WUT?

Stille.

VIELLEICHT SIND IHRE SCHMERZEN EINE ART
VON ERSCHÖPFUNG
...
WOLLEN SIE WEITER
KÖNNEN SIE NOCH ...

CHRONISCHE SCHMERZEN SIND NICHT
LEBENSGEFÄHRLICH,
AUßER –

Stefanie SCHREIT.

SZENE
Im Zimmer von Elif und der Jungen Patientin. Elif ist am iPad und schaut Soap Operas.

Stefanie
Denkst du, dass du die Medikamente nehmen wirst?

Die Junge Patientin
Eigentlich möchte ich nicht …

Elif
Aber die Medikamente helfen.
Wenn du das Richtige findest.

Stefanie
Drei hab ich aber schon probiert.

Die Junge Patientin
Das eine Medikament, das ich letztes Jahr genommen habe, war echt schlecht.
Es war, als wäre ein Alien in meinem Körper.
Ich war ganz weit weg. Bin dauernd mit der U-Bahn zu weit gefahren.

Stefanie
Unangenehm. Und die Schmerzen?

Die Junge Patientin
Die Schmerzen waren immer da. Nur etwas diffuser.

Stefanie
Na, dann war's doch gut –

Elif
Mach das nicht!!!

Stefanie
Was? Was??

Die Junge Patientin
Die redet mit den Menschen in der Serie.

Elif
WIESO BIST DU SO DUMM??

Stefanie
Ach so.

Pause.

Stefanie
Bist du eigentlich auch bei dieser jungen Psychologin?

Die Junge Patientin
Die mit den roten Haaren?

Stefanie
Die ist komisch, oder?

Elif
Wenn ich endlich hier rauskomme, mache ich eine
ambulante Therapie.
Eine, wo ich jeden Tag hinmuss.
Da sind die Therapeuten besser.

Die Junge Patientin
Hört sich gut an, Elif.

Stefanie
Die ist gar nicht auf mich eingegangen. Ich bin ja da, um mich zu öffnen, also ich denke –
Ich will ja wissen, wieso ich das habe, also
Wenn es einen Grund gibt
Ein Trauma
Oder irgend so was
Also,
Ich würde es gerne aussprechen,
Also,
Ich sag nur,
Ich bin ein OFFENES BUCH, hallo!
Pause.
Ich habe das Gefühl, wenn es einen Grund gäbe, gäbe es auch eine Lösung …

Die Junge Patientin
Ja, versteh ich.

Stefanie
Die hat nicht mal gefragt, ob ich als Kind sexualisierte Gewalt erlebt habe.

Die Junge Patientin
Ich glaub, die muss nur so ’n Formular ausfüllen.
Wir kriegen ja am Ende einen Entlassungsbrief.
Oder, Elif? Hast du doch gesagt, oder? Mit dem Entlassungsbrief!

Elif
Ja, in die Entlassungsbriefe schreiben sie ganz heftige Sachen rein. Damit du bei der Krankenkasse alles Mögliche beantragen kannst.

Die Junge Patientin
Die Psychotherapeutin könnte also genauso gut eine App sein, wo du etwas ausfüllst.

Stefanie
Ich hatte mich vor allem auf die Psychotherapie gefreut.
Weißt du, wie schwierig es ist, bei mir aufm Dorf einen Therapieplatz zu kriegen?
Die soll das verdammt noch mal ordentlich machen.

Die Junge Patientin
Stefanie, du überraschst mich.

Stefanie
Wie?

Die Junge Patientin
Ich dachte, du bist immer positiv.

Stefanie
Nee, also,
Wenn jemand seinen Job schlecht macht,
Dann sag ich schon, was Sache ist.

SZENE
Draußen, auf dem Gelände. Die Frauen sind alle in Regenjacken und Gummistiefeln. Es ist trist. Die Sporttherapeutin geht fröhlich und sehr schnell voraus. Stefanie ist direkt hinter ihr. Die anderen Frauen folgen langsam.

Elif
Mir ist kalt bis in die Knochen.

Frau X
Ich hätte noch einen Pullover anziehen sollen.

Frau von R
Das ist unerträglich.
Ich kann nicht mehr sagen, was es ist.
Herbst?
Winter?
Der Frühling, der aber eigentlich nur weiter Winter ist?
Ich hab das Gefühl, es ist seit 6 Monaten Winter.

Frau Sonnenschein
Letztes Jahr war auch 6 Monate Winter.
November bis Mai.
Frühling gab es nicht.

Elif
Ich würde so gern weg vom Gelände und mal an den See.
Oder zum Supermarkt, mal jemanden anderes als einen Arzt sehen.
Hier sieht alles gleich aus.

Frau X
Aber wir dürfen doch nicht.

Frau Sonnenschein
Genau. Gefangene sind wir, in einem medizinischen Käfig.
Geh doch, lauf den Hang runter und sei frei.

Elif
... Ich möchte nicht rausgeschmissen werden.
Wie lange sind wir eigentlich schon hier?

Die Junge Patientin
Eine halbe Stunde?

Elif
Ich meine ... hieeeer. *(Wedelt mit den Armen)*

Frau K
Mir geht die Zeit verloren.
Brauchen Sie vielleicht noch einen Schal? Sie sehen aus,
als sei Ihnen kalt.

Frau von R
Ich brauche Ihren Schal nicht, danke.

Frau Sonnenschein
Wir werden uns alle erkälten.
Dann ist Schluss mit NORDIC WALKING.

Frau K
Mathilde, du bist doch nicht aus Zucker.

Frau Sonnenschein
Apropos Zucker –
Ich hätte gern einen anständigen Kuchen. Zuhause esse ich

mindestens dreimal in der Woche Kuchen. Die sprechen die ganze Zeit von der REGELMÄßIGKEIT.

Frau X
Haben Sie den Arzt nicht gehört?
Bewegung ist Teil der Studie.

Frau Sonnenschein
Warum glauben Sie alles, was Ihnen gesagt wird?
Sie sollten etwas kritischer sein. Wer weiß, ob diese Studien jemals wiederholt werden.

Frau K
Mathilde, reiß dich zusammen. Bewegung tut gut.

Frau X
Ich mach doch nicht alle Therapien mit!
Beim PMR höre ich gar nicht mehr zu, ich schlafe nur.

Frau Sonnenschein
Bloß weiter so.
Rebellion ist das einzige Zeichen dafür, dass Sie noch leben.

Elif
Wie lange müssen wir noch bleiben?

Frau Sonnenschein
Wenn Sie wollen, können Sie mit den anderen die Runde zu Ende machen.

Elif
Nein, ich meinte hier. Hier hier. *(Wedelt mit den Armen)*

Frau Sonnenschein
Auf solche Fragen antworte ich nicht mehr.

Die Junge Patientin
Was für ein Baum ist das eigentlich?

Elif
Gestern war wieder ein Fenster offen. Auf der fünften Etage. Ganz weit offen.
Die weißen Vorhänge sind geschwungen.

Frau Sonnenschein
Oh! Das ist doch perfekt.
Gut gefunden.
Wir könnten uns unter ihrem Geäst verstecken, bis die Wanderung vorbei ist.

Frau K
Das ist eine Hängebuche.
Manchmal auch Trauerbuche genannt.

Frau Sonnenschein
Woher weißt du das?

Elif
Ja, woher wissen Sie so was?

Frau X
Sieht sie uns noch? Ich will keinen Ärger kriegen.

Frau Sonnenschein
Die ist schon weit voraus.

Entspannen Sie sich. Das sagen die hier doch die ganze Zeit.
Entspannung ist gut für die Schmerzen!

Frau K
Ich mag Pflanzen.
Letzte Weihnachten hab ich ein Buch über Bäume geschenkt bekommen.

Die Junge Patientin
Trauert der Baum um etwas Bestimmtes?
Irgendwelche Mythen?

Frau K
Weiß ich nicht.

Frau Sonnenschein
Um uns bestimmt.
Pause.
Weil wir alle so ein beschissenes Schicksal haben.
War ein Witz. Ha. Ha.

Die Junge Patientin
Im ganzen Wald gibt es so ein Gefühl ...

Frau Sonnenschein
Oh Gott, es ist doch nur ein Krankenhaus.
Keine Geisterstadt.

Pause. Die Frauen schauen alle auf den Baum.

Frau X
Sie kommen wieder!

Frau Sonnenschein verschwindet unter dem Geäst und zieht die Junge Patientin mit sich mit. Elif verschwindet auch ungesehen unter dem Geäst. Alle anderen fangen wieder an zu gehen.

Physiotherapeutin
Ein bisschen schneller, Ladies! Der Puls muss hoch sein, um die gesundheitlichen Vorteile zu erfahren! Noch eine Runde!

Stefanie
Wo wart ihr denn?

Frau K
Frag nicht.

Sie laufen alle weiter. Im Baum:

Frau Sonnenschein
Schade, dass ich keine Kekse eingepackt habe.

Elif
Schade, dass ich kein Gras eingepackt habe.

Die Junge Patientin
Trauerbuche … Ich wüsste trotzdem gerne, wo der Name herkommt.

SZENE
Im Einzelzimmer von Stefanie. Stefanie und die Junge Patientin haben Gesichtsmasken auf und kleine Schuhe aus Papier. Vielleicht haben sie einen Laptop auf einen Tisch vor sich gestellt, auf dem gerade das Ende eines Filmes läuft.

Stefanie
Ich bin gerade nicht gern allein.

Die Junge Patientin
O.K. Wieso?

Stefanie
Wenn wir abhängen, fühlt es sich weniger wie eine Klinik und mehr nach Sommer Camp an.
Schmerz Camp!

Die Junge Patientin
Sollen wir mal fragen, ob du mit Elif tauschen darfst?
Sie will unbedingt ein Einzelzimmer. Ich glaube, sie hat sogar einen Antrag laufen …

Stefanie
Denkst du, das klappt?

Die Junge Patientin
Keine Frage.

Stefanie
Schreit sie wirklich?

Die Junge Patientin
Kribbeln deine Füße schon?

Stefanie
Das wird so eklig, wirst du schon sehen. Die ganze Haut wird abfallen, unsere Füße werden weich wie Babys sein!

Die Junge Patientin
Shit, ich muss eigentlich schon wieder ins Zimmer. Gleich kommt die Abendvisite.

Stefanie
Erst müssen wir darauf warten, dass unsere Füße abfallen.

Die Junge Patientin
Hört sich an wie in einem Albtraum.

Stefanie
Gestern hat mir das neue Medikament schlechte Träume gemacht.

Die Junge Patientin
Was für Träume denn?

Stefanie
Eine Frau ist im Flur stundenlang auf und ab gegangen. Sie ist mir gefolgt, egal wohin ich ging.
Sie hat immer wieder gefragt: »Tut es weh, wo tut es weh, wie tut es weh?«

Die Junge Patientin
Mann ey. Diese Pillen.

Stefanie
Jeder Körper ist anders. Vielleicht schläfst du bald ganz ohne Träume.

Pause.

Stefanie
Hast du schon mal darüber nachgedacht, wer vor uns in diesem Zimmer war?
Vielleicht sind sie hier gestorben, in diesem Bett.
Das würden sie uns nicht sagen.

Die Junge Patientin
Schon gruselig, so viele Menschen vor uns.

Stefanie
Und immer weiter. Und alle leiden so.

Die Junge Patientin
Denk nicht zu viel daran. Bald sind wir zusammen in einem Zimmer.

Stefanie
Aber da waren genauso viele Menschen davor.

BILD 3

Eine Frau steht in einem weißen Kleid in einem weiten See, unter Bäumen, die über dem Wasser hängen.
Sie bürstet sich die Haare vors Gesicht.
Wir wissen bald nicht mehr, ob ihre Haare ihren Hinterkopf oder ihr Gesicht verdecken.
Sie zählt.
Sie zählt bis 100.
1,
2,
3…
100.
Dann geht sie langsam rückwärts.
Bis ihr Kopf unter dem Wasser verschwindet.
Das Einzige, was bleibt, sind die leichten Wellen
und die Bürste im Wasser.

WARTEZIMMER

Frau Sonnenschein, die Junge Patientin und Stefanie
SITZEN IM WARTEZIMMER.
SIE SITZEN UND WARTEN.
Draußen ist der graue Himmel.

Schwester
Frau Sonnenschein?

Frau Sonnenschein steht auf. An der Tür schaut sie zu den zwei Frauen zurück.
Sie sieht aus, als würde sie gleich etwas sagen, aber dann geht sie durch die Tür.

SZENE
Mit der Psychologin in ihrem Büro.

Die Psychologin
Besteht die Gefahr, dass Sie sich während eines Schmerz-
anfalls
das Leben nehmen?
Pause.
Ich muss das leider fragen, es steht hier auf dem Formular.

Pause.

Frau Sonnenschein
Kann ich nicht sagen.

Pause.

Elif
Nein.
Keine Chance.

Pause.

Die Junge Patientin
Ich würde das nur in der Schweiz tun.
Mit einem Arzt.
Nicht während einer Schmerzattacke.

Die Psychologin
Können Sie dazu etwas Genaueres sagen?

Frau Sonnenschein
Konkreter geht's nicht.
Wenn's mir hiernach besser geht, mach ich's nicht.

Die Junge Patientin
Ich würde über so was sehr gut nachdenken.
Ich bin nicht so impulsiv
Als Mensch.

Elif
Nein.
Über so was denke ich nicht nach.

Die Psychologin
Aha.
Ja.
Also.
Ich kann leider nur Ja oder Nein eintragen, ich weiß, das ist eine komplexe Frage, aber –
Das schreibe ich hier dann einfach auf.
Also, nein.

Elif
Tun Sie das.

Die Junge Patientin
Ja, also nein, nicht in der nächsten Schmerzattacke.

Frau Sonnenschein
Darf ich jetzt gehen?

SZENE
Im Tontherapie-Raum. Arbeitstische und überall *viele Tonskulpturen.*

Die Tontherapeutin
Ich bin dann in meinem Büro, falls Sie irgendwelche Fragen oder Gedanken haben.

Frau K arbeitet an einer sehr eleganten Vase.
Die Junge Patientin schaut auf ihren Klotz Ton und sticht das dünne, hölzerne Werkzeug ein paar Mal in das Material. Sie streicht es mit ihrem Daumen glatt. Ton klebt auf ihrer Haut, unter ihren Nägeln.
Sie versucht es wegzuwischen.

Frau K
Setz dich doch zu mir, wir hatten noch gar keine Zeit zusammen.

Pause.

Die Junge Patientin
O.K.

Pause.

Die Junge Patientin
Sie können das echt gut.
Also, es sieht richtig gut aus …
Als wäre es was.

Frau K
Wenn du nochmal Sie zu mir sagst
Fühle ich mich wie eine Oma.

Die Junge Patientin
Oh, entschuldige.

Frau K
Wir sind ja eigentlich alle alt genug, um deine Oma zu sein.
Wollen wir uns nichts vormachen.

Sie töpfern. Die Junge Patientin hat null Talent.
Es sieht klumpig aus. Ihre Nägel sind voller Ton.

Frau K
Wie geht es dir mit den Therapien?

Die Junge Patientin
Kann ich nicht so richtig einschätzen.

Frau K
Da muss man sich drauf einlassen.
Wird ja über Nacht nicht alles wieder besser.

Pause.

Frau K
Warst du schon mal in einer Klinik?

Die Junge Patientin
Letztes Jahr.
Pause.
Aber es war nicht so – die hier soll ja die beste sein.

Frau K
Ein besonderer Ort.

Pause.

Die Junge Patientin
Hat es ... Ihn... – dir ... geholfen?
Du bist doch länger hier, oder?

Pause.

Frau K
Mir geht es schon um einiges besser. Innerlich fühlt es sich nicht mehr so
Entzündet an.
Als hätte ich eine Ruhe gefunden, in die ich mich legen kann.
Pause.
Aber du musst es wollen.

Pause.

Die Junge Patientin
Wir wollen doch alle ...

Pause.

Frau K *(ganz still)*
Viele sagen, sie wollen wieder gesund werden,
Aber eigentlich haben sie sich daran gewöhnt, Patientin zu sein. Dass es ihnen nicht gut geht, ist nicht erfunden, es ist nur –
Manchen von uns erlaubt der Schmerz

Sich pflegen zu lassen
Pause.
Wenn du gesund werden willst, muss sich etwas in dir danach sehnen. Du brauchst dieses Verlangen.

Die Junge Patientin
Nicht weitermachen zu wollen, versteh ich aber auch.

Frau K
Dagegen musst du dich wehren.

Die Junge Patientin
Sind hier immer nur Frauen?

Frau K
Vor dir war ein Mann da, aber er hat mit keinem geredet. Chronische Schmerzpatienten sind zu 80 Prozent Frauen.

Pause.

Die Junge Patientin
Wieso?

Frau K
Gute Frage.

Lange Pause.
Die Tontherapeutin macht eine Runde.

Die Tontherapeutin
Ich sehe sehr viel Erleichterung in Ihrem Stück. Wie schön! Wollen Sie es mit nach Hause nehmen?

Frau K
Ach, ich weiß nicht. Ich hab schon so viel zuhause.

Die Tontherapeutin
Es ist immer gut, eine Erinnerung zu haben an das, was einem weitergeholfen hat.
Pause.
Und Ihres …

Die Junge Patientin
Das soll ein Monster sein.

Die Tontherapeutin
Identifizieren Sie sich damit?

Die Junge Patientin
Das ist, was in mir war. Also in meinem Kopf.

Die Tontherapeutin
Sehen Sie, wie es hier keine Bewegung gibt?
Alles ist sehr verkrampft.
Sie brauchen mehr Leichtigkeit, mehr Freiraum.
Das ist eine Metapher, verstehen Sie?
Versuchen Sie, in sich diese Freiheit zu spüren und es in Ihre Hände fließen zu lassen.

Die Junge Patientin
Aber ich mag mein Monster.

Die Tontherapeutin
Manche Dinge muss man loslassen.
Hier, behalten Sie es, damit Sie am Ende sehen können, wie weit Sie gekommen sind.

Verstehen Sie? Fangen Sie nochmal an.
Hier, frischer Ton.

Die Tontherapeutin geht.

Pause.

Die Junge Patientin
Oof. Nochmal, o.k.

Frau K
Morgen gehen wir alle zum Geheimen Café.
Möchtest du mit?

Die Junge Patientin
Warum soll das so geheim sein?

Frau K
Es ist nicht auf dem Gelände.
Aber was die nicht wissen, tut denen nicht weh.

CHOR DER FRAUEN, ALS ÄRZTE VERKLEIDET
HALLO GUTEN MORGEN
WILLKOMMEN NOCHMALS FÜR DIE NEUEN
WIR WOLLEN IHNEN ETWAS MITTEILEN
EDUKATION HEIẞT DAS
EIN GROẞER TEIL UNSERES HEILANSATZES IST EDUKATION
DAS BEDEUTET LERNEN.
JE INFORMIERTER ÜBER IHRE KRANKHEIT SIE SIND, UMSO MEHR
MACHT
HABEN SIE. INFORMATION = MACHT!

ALSO ZUM BEISPIEL
OPIATE SIND NICHT FÜR ALLE SCHMERZEN DAS RICHTIGE MEDIKAMENT
ZUM BEISPIEL SIND SIE NICHT FÜR KNOCHENBRÜCHE GEEIGNET
ES WIRD IHNEN DA NICHT HELFEN
HAHA ALSO ICH HAB DA AUCH EINE KLEINE GESCHICHTE, EINMAL,
WÄHREND DES MEDIZINSTUDIUMS, HABEN EIN PAAR KOMMILITONEN UND ICH UNS MIT OPIATEN VOLLGEPUMPT, ALSO EINEN ZUGANG HABEN WIR GELEGT
UND DANACH, OBWOHL WIR DAVOR KEINE SCHMERZEN HATTEN,
HABEN UNSERE HÄNDE GESCHMERZT
ALSO
UNSERE KÖRPER HABEN EINEN SCHMERZ SIMULIERT
WEGEN EINEM ENTZUG

NUR SO ALS KLEINE GESCHICHTE NEBENBEI
WAS WIR EIGENTLICH SAGEN WOLLEN:

CHRONISCHE SCHMERZEN SIND EINE
VOLKSKRANKHEIT!
UND AUS GRÜNDEN, DIE WIR NICHT VERSTEHEN,
SIND TÄGLICHE
ANTIDEPRESSIVA DIE EFFEKTIVSTEN
MEDIKAMENTE GEGEN DIESE VOLKSKRANKHEIT.
WIR WISSEN WIRKLICH NICHT, WARUM.
WIR VERMUTEN, DASS DAS MIT ERSCHÖPFTEN
SEROTONINREZEPTOREN ZU TUN HAT.
DAS SEROTONIN REIST DURCH DIE
NERVENBAHNEN IM RÜCKENMARK,
IHR KÖRPER HAT EINE FEHLREGULATION DER
SCHMERZEMPFINDLICHKEIT.
SIE, DIE PATIENTINNEN, SIND FAKTISCH GESEHEN
NEURODIVERS
WEIL IHR GEHIRN ZU STARK AUF IMPULSE
BEZIEHUNGSWEISE REIZE REAGIERT.
DAS BEDEUTET NICHT, DASS SIE, DIE
PATIENTINNEN, DRAMATISIEREN
DAS BEDEUTET NICHT, DASS SIE DEN SCHMERZ
ERFINDEN
NEIN NEIN, DAS KÖNNEN SIE NICHT
KONTROLLIEREN
IHR NERVENSYSTEM IST IN EINEM
ÜBERREAKTIONSZUSTAND.
WIESO, WISSEN WIR NICHT.
WENN SIE EINHUNDERT MENSCHEN AUF DER
STRAẞE INS MRT STECKEN, SEHEN SIE, DASS SEHR
VIELE VON IHNEN BANDSCHEIBENVORFÄLLE
HABEN

ABER NUR 1–5 % HABEN RÜCKENSCHMERZEN
WIESO IST DAS SO?
DAS WISSEN WIR NICHT.
WIESO SIE SCHMERZEN HABEN, KÖNNEN WIR
NICHT BEANTWORTEN
WIESO IHR KÖRPER SICH ENTSCHEIDET,
STRESS UND REIZE ALS SCHMERZIMPULSE
AUFZUNEHMEN,
KÖNNEN WIR NICHT BEANTWORTEN

SORGEN SIE DAFÜR, DASS SIE WENIGER REIZEN IN
IHRER UMGEBUNG AUSGESETZT SIND
LERNEN SIE, STRESS BESSER ZU VERARBEITEN
WENIGER STRESS = WENIGER SCHMERZEN
UND IMMER BRAV DIE MEDIKAMENTE NEHMEN!

GENUG FÜR HEUTE.

BILD 4 + MEDITATION

Eine Frau gräbt und rollt den Umriss ihres Körpers in die Erde.

i believe in God, even when i cannot hear him
im starting to get religious
or spiritual, or whatever
thinking of saying the rosary every day
hail mary full of grace
in my meditations i see the silhouette of the blessed mother
floating in the milky way
i am also floating, i have opened a door and a pink slimy
thing, a tentacle
is vomiting up bile
i am being ripped from the cottage in the dark woods
to the garden with the pool
the grandmothers are laying out cloths of silk
one stops to look at me and says
you're doing good work
what does that mean
what does it mean
i don't want to do good work anymore

i want this chapter to be over
(i want to be done with this chapter)
when i ask why she doesn't answer.
the tiger smokes a cigarette, then ashes very quickly,
he doesn't have any answers either but sometimes i think
maybe he's annoyed at God too

i dont want to compare myself to those who suffer war
injustice or famine or torture
But –

You can't say that

i know.

SZENE
Im Schlafzimmer.

Stefanie
Versucht zu schreien.
Stöhnt.

Die Junge Patientin
Stefanie??
Stefanie, bist du wach?
Die Junge Patientin geht zu Stefanies Bett und fasst sie sanft am Arm. Stefanies Augen gehen auf, aber sie kann sich nicht bewegen.
Stefanie, hörst du mich?
Einatmen.
Ganz langsam, ein und aus.
Du hast nur schlecht geträumt. Alles o.k., alles o.k.

Stefanie
Oh Gott.
Sie atmet aus.
Da war jemand. Ich hab sie gefühlt. Sie saß auf dem Bett.
Ihre Hand war auf meiner.
Ein Körper aus Schatten. So als wäre sie aus Luft, aber ich habe sie gefühlt.

Die Junge Patientin
Du zitterst richtig.

Stefanie
Ich konnte mich nicht bewegen.

Die Junge Patientin
Das passiert manchmal, hab ich auch schon gehabt.
Macht richtig Angst.

Stefanie
Sie wollte etwas von mir nehmen.

Die Junge Patientin
Etwas Gutes oder etwas Schlechtes?

Stefanie
Ich weiß nicht, ob sie böse war. Eher nicht.
Sie hat mir Angst gemacht.
Ich wollte, dass es aufhört.
Sie ist aufgestanden und zum Fenster gegangen.
Sie stand auf der Fensterbank, balancierte auf der Kante.

Die Junge Patientin
Hier, ich lass das kleine Licht an.

Stefanie
Jetzt hab ich auch geschrien.
Genau wie Elif.

Die Junge Patientin
Vielleicht liegt es am Bett.
Vielleicht waren da andere schreiende Menschen vor dir drin.

Stefanie
Du musst meinetwegen keine Witze machen.
Es tut mir so leid, deinen Schlaf so zu stören.

Wie sind deine Schmerzen? Schlecht zu schlafen macht sie bestimmt schlimmer.

Die Junge Patientin
Macht nichts.

Stefanie
Ich hab dich erschreckt.

Die Junge Patientin
Nur ein bisschen. Hab eh nicht so tief geschlafen.
Alle haben mal Albträume.

Stefanie
Ich glaube, es sind die neuen Medikamente.
Ob sie helfen … kann ich nicht einschätzen.

Die Junge Patientin
Der Arzt sagte doch, du musst sie mindestens einen Monat nehmen.

Pause

Stefanie
Danke.
Pause.
Ich kann mich nicht erinnern, wie lange ich schon hier bin.

Die Junge Patientin
Darüber können wir morgen nachdenken.

SZENE
Im Gesellschaftszimmer ist der Fernseher an.
Im Fernseher:

Der Faszientherapeut
Die Faszien sind das, was uns zusammenstrickt.
Das Wesentliche an unserem Wesen.
Ein System, das globale Auswirkungen hat.
Spürst du es? Wenn ich dich hier berühre, spürst du es in deinen Zehen? Spürst du, wie der ganze Körper in Bewegung kommt?
Diese Arbeit, die wir machen, ist so, als würde ich dich mit einem Helikopter zum Gipfel fliegen. Aber hierhin kommst du auch allein, zu diesem Bewusstsein von dir selbst. Diese Heilung, das ist in dir drin. Der Körper möchte in Balance sein und ich mache bloß die Tür auf. Diese Arbeit, sie verändert dein ganzes Leben. In jedem Detail, langsam fängst du an, dich selbst zu spüren, in jedem Moment.
Und irgendwann gehst du durch die Welt, aber –
ein Fuß frühstückt mit Gott. Siehst du? Wenn du so atmest, fühle ich, wie dein ganzer Körper auf die Berührung reagiert, wie die Faszien in Kommunikation mit deinen Nerven treten und das autonome System anfängt, in die richtige Bewegung zu kommen. So als würden sie tanzen, miteinander.
Wie fühlst du dich?

Eine Patientin
So als würde ich in meinem eigenen Körper schwimmen.
Pause.
Like a body of water.

Der Faszientherapeut
… Well, you are a body of water.

SZENE
In der Kantine.
Die Frauen sitzen alle zusammen am Tisch.

Frau Sonnenschein
(zu Elif) Was machen Sie für ein Gesicht?
Gefällt es Ihnen nicht?

Frau X
Wollen Sie Ihren Milchreis nicht?

Elif
Können Sie gerne haben.

Frau X
Milchreis. Himmlisch. Mein Lieblingsessen.
Ich könnte das immer essen.

Die Junge Patientin
Wie sind Sie eigentlich hierhergekommen?

Frau X
In dieses Land?

Die Junge Patientin
Nein, ehm, ich meinte – hier, also, hier hier.

Frau X
In die Klinik? Mein Arzt hat sie empfohlen, letztes Jahr.

Frau von R
Das ist lange her.

Stefanie
Der Bewerbungsprozess dauert mindestens sechs Monate.

Frau von R
Ach, wirklich? Bei mir war das ziemlich schnell. Ich glaube, es waren eher 6 Wochen.

Frau Sonnenschein
Tja …

Frau X
Ich habe lange gewartet.

Frau K
Das Warten war es wert.

Frau Sonnenschein
Wir haben fast alle lange gewartet.

Frau X
Also, ich weiß nicht genau, was die machen mit unseren Köpfen oder was das alles soll, aber –
Ich find's toll, keine Hausarbeit, dir wird Essen vorbereitet.
Alles schmeckt gut und es gibt immer was Warmes am Tag, und die Schwestern sind sehr lieb.
Was will man mehr?

Frau Sonnenschein
Ich habe das Gefühl, wir sind nicht im selben Film.

Frau K
Es fühlt sich hier nicht so sehr an wie im Krankenhaus.
Also, Hotel ist anders, aber … trotzdem. Sie bemühen sich.

Elif
Ich kenne Krankenhäuser. Ich war ja Pflegerin, daher kommen auch meine Schmerzen.

Frau von R
Das haben Sie uns schon mal erzählt.

Elif
Da kann es ganz anders sein. Glauben Sie mir.
Das Krankenhaus macht keinen Spaß, wenn es überfüllt ist und vier Menschen sich ein Zimmer teilen und eine im Flur schläft.

Frau K
Es ist gut, dass Sie so positiv bleiben.

Frau X
Natürlich.
Das ist mein letzter Versuch.

Stille.

Frau K
... Wie ... meinen Sie das?

Frau X
Na ja, ich habe diese Schmerzen jetzt zehn Jahre. Alles haben diese Schmerzen von mir genommen.
Also, ich geb dem jetzt noch nen guten letzten Versuch.
Und wenn's nicht klappt, habe ich ein langes Leben geführt.

Elif
Aber …

Frau X
Ich sollte das alles beenden können, wenn ich möchte. Es sollte ein menschliches Recht sein.
Wieso muss ich dafür in ein anderes Land, das es erlaubt?
Das ist doch absurd.
Mein Mann wird mir dabei helfen. Hat er mir versprochen.
Sonst wäre ich sehr böse gewesen. Haha.
(an die Junge Patientin, mit einem Zwinkern) Aber sag's niemandem weiter.

Stille.

Frau X
Dieser Milchreis.
Köstlich.
Möchte sonst noch jemand?

SZENE
Frau von R bei der Physiotherapie. Ein Massagetisch.

Physiotherapeutin
Und, wie waren die letzten zwei Wochen? Wie geht es Ihnen mit den Schmerzen?

Frau von R
Wollen Sie es wirklich wissen?

Physiotherapeutin
Sonst würde ich nicht fragen.

Frau von R
Tagelang habe ich das Bett nicht verlassen.
Alles war zu grell.
Ich lag und habe gewartet, dass die Zeit vorbeigeht.
Es war eine achttägige Attacke.

Physiotherapeutin
Mussten Sie Triptane nehmen?

Frau von R
Ja, aber ich vertrage sie sehr schlecht. Ich habe dann das Gefühl, mein ganzer Körper ist in einem Betonmixer.
Das fährt so hoch – und dann muss ich immer brechen.

Physiotherapeutin
Das tut mir sehr leid.

Frau von R
Das Schlimmste ist hoffentlich jetzt vorbei. Ich hoffe, ich kann noch so eine Welle vermeiden.

Physiotherapeutin
Ich habe gesehen, dass Sie nicht bei der Physio waren.
Sie sagten, das wäre am hilfreichsten.

Frau von R
Einmal war ich da.

Physiotherapeutin
Ja?

Frau von R
Sie wurden von einem Mann vertreten.

Physiotherapeutin
Ach ja, der Herr –

Frau von R
Ich lass mich von keinem Mann anfassen.

Physiotherapeutin
Wir sind hier alle hoch professionell.
Mein Kollege ist bestens ausgebildet –

Frau von R
Mein Mann und ich schlafen in getrennten Betten, verstehen Sie?
Ich würde nie zu einen Physiotherapeuten gehen.

Pause.

Physiotherapeutin
Ich verstehe.

Frau von R
Die Tage sind schwer.

Physiotherapeutin
Lassen Sie mich Ihnen etwas Gutes tun.

SZENE
Ein Traum. Im Geheimen Café. Das Café ist ein Café und da ist auch ein Swimmingpool, so wie es in Träumen halt ist.

Frau von R *(an der Theke)*
100 pinke Macarons, bitte!

Elif
Darf ich auch welche haben?

Frau von R
Bestellen Sie Ihre eigenen.
Es gibt genug für alle.

Frau von R hüpft mit einem Schwimmring in das Schwimmbad.

Frau X *(in großer Sonnenbrille am rumplantschen)*
Kuchen! Kuchen wäre gerade sehr gut.

Elif
Oh ja, lieber Kuchen.

Stefanie
Hier, frisch aus der Küche.

Stefanie, im Badeanzug mit Flipflops und einem großen Hut, stellt einen riesigen Kuchen auf eine aufblasbare Gummimatratze, die im Pool liegt.

Stefanie
Dieser Geruch von Chlor, hat er für euch auch so eine positive Kindheitsassoziation?

Frau K
In meiner Kindheit wurde nur im See gebadet.

Frau X
Ich bin so gerne hier.
Was für ein schöner Ort.
Aber mein Ohr ist weg?

Frau von K *(an die Junge Patientin)*
Soll ich deinen Arm abschneiden?

Frau K *(an Frau X)*
Oh, Ihr Ohr, es ist gerade an mir vorbeigeschwommen.

Die Junge Patientin
Mein Arm?
Wenn es nicht ins Wasser reinblutet …

Stefanie
Ich bin voll mit Kuchen, und trotzdem schwebt mein Körper hier im Wasser.
Mir wurde immer gesagt, ich müsste nach dem Essen mindestens 30 Minuten warten.
Hier, eine Handvoll Kuchen?

Die Junge Patientin
Gerne.

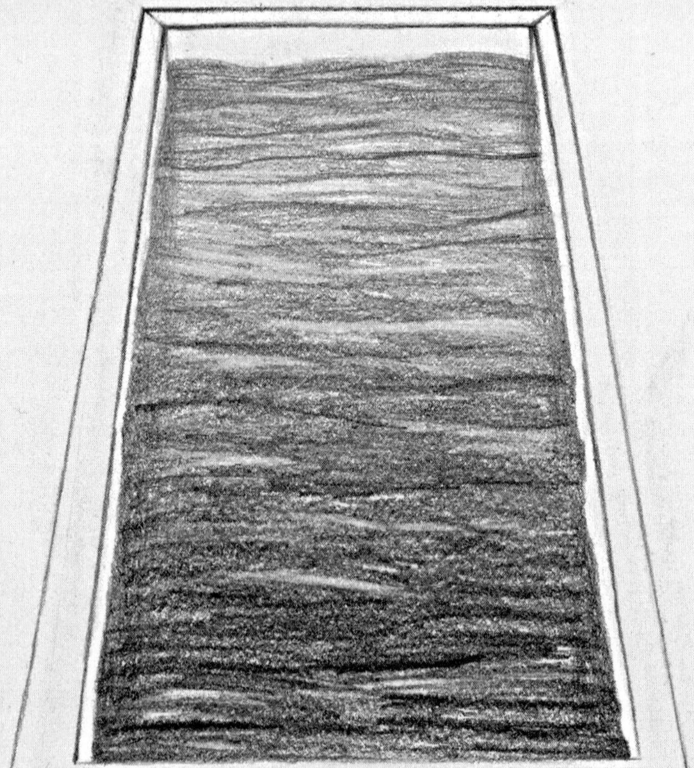

Frau K *(an Frau X)*
Ach, da ist es ja. Wollen Sie es wiederhaben?

Frau X
Häh?

Frau K
Ihr OHR.

Frau X
Ach, nein, danke. Lieber nicht.

Elif
Meine Zähne! Meine Zähne fallen alle aus.
Schau, sie sind in meinen Händen.

Stefanie
Sie sehen aus wie Perlen. Wunderschön.
Sie sollten daraus eine Kette machen.
Hier, ich mache Ihnen eine Kette.

Die Junge Patientin
Wo ist Frau Sonnenschein?

Frau Sonnenschein *(kommt rein, im Badeanzug)*
Ja hier. Hallo!
Ihr schwimmt also schon alle.
Seid ihr bereit?

Frau von R
Geben Sie uns noch ein paar Minuten in diesem Genuss.
Ein Stückchen Kuchen?

Frau Sonnenschein
Hatte ich gerade.

Elif
Huch, meine Zähne. Ich kann wieder kauen!

Frau X
Im Wasser zu schweben ist fast wie fliegen.

Stefanie
Haben Sie auch manchmal das Gefühl, etwas verfolgt Sie?
Als müssten Sie wegrennen?

Frau K
Einmal musste ich in einer Höhle wegrennen. Ein Dinosaurier wollte mich fressen.

Die Junge Patientin
Kann jemand die Uhr sehen?
Irgendwie ist sie für mich total verschwommen.

Elif
Oh, für mich auch. Die ganzen Striche, sie –
Bewegen sie sich für euch auch?

Die Junge Patientin
Ach, die Zeit ist jetzt eh egal.
Es ist so friedlich.

Frau K sitzt auf der obersten Stufe des Swimmingpools und trinkt einen Mocha Frappucino laut durch einen Strohhalm.

Frau K
Herrlich.
Habt ihr auch keine Schmerzen?

Elif
Wenn ich träume, habe ich selten Schmerzen.

Frau X
Eine ganz andere Welt.

Stefanie
Ich wäre jetzt bereit.

Frau Sonnenschein tritt wieder auf, diesmal mit einem riesengroßen Föhn so groß wie sie selbst, mit einem Kabel, das aus dem Raum führt.

Frau Sonnenschein
Seid ihr bereit?

Frau von K
Von mir aus ...

Frau K
Warte, noch einen Moment.

Frau K trinkt den Rest ihres Frappuccinos aus dem Strohhalm, stellt das Glas weg und schwimmt in die Mitte.

Frau K
O.K.

Frau Sonnenschein
Sonst noch jemand?

Keine sagt etwas.
Frau Sonnenschein
Na, dann …
Adieu.

Frau Sonnenschein springt ins Wasser. Ein elektrischer Schock, die Bühne voller Licht.
Szenenwechsel.

BILD 5

Zwei Frauen im Wald.
Die eine liegt still auf der Erde.
Die andere häuft Steine auf die erste, bis sie ganz verschwunden ist. Wir sehen nur das Atmen der Steine.
Die andere legt eine Blume dorthin, wo der Kopf der einen verdeckt ist.

the other day in my meditation
i saw a possible future
Pause.
it is the summer time
i am floating on my back in the cool lake water
the sky still pink
out of the corner of my eyes
three women
biking up the path
three women with silver, cropped hair and bright bathing suits
pool noodles sticking out of their baskets
they are talking about potato salad recipes
park their rusty bikes and come to the water edge
two jump in
three pairs of neon crocs lined up side by side
the third woman holds the pool noodle around her round middle
and pokes a toe into the lapping water
the cold! she shrieks.
the other two laugh and splash
tell her to get over it
and get in

three silver bobbing heads
on the other side of the lake
gossiping about their men and their book club and their lunches

for a moment there is no pain
just pink light
a tree's crown between me and the sky
the sound of splashing
and
three neon crocs
waiting at the shore

SZENE
Gruppentherapie. Alle sitzen in einem Halbkreis im Therapieraum (wo auch die Heileurythmie stattfindet). Elif ist nicht dabei, alle anderen Frauen sind da.

Arzt
Können Sie Ihren Schmerz beschreiben?

Frau Sonnenschein
Das hab ich schon gemacht.

Arzt
Sie meinen das Bild mit der Säge?
Oder das Bild mit den Nägeln?
Wir müssen spezifisch sein.

Frau Sonnenschein
Säge, Nagel, ist alles gleich. Schmerzhaft ist es. Grauenvoll.

Arzt
Können Sie einen Teil Ihres Körpers benennen, wo Sie keine Schmerzen empfinden?

Frau Sonnenschein
Diese Technik funktioniert bei mir nicht.

Arzt
Sie müssen es ernsthaft versuchen.

Frau X *(zu der Jungen Patientin)*
Wo ist eigentlich Elif?

Die Junge Patientin
Wir teilen uns das Zimmer nicht mehr.
Stefanie ist jetzt bei mir.

Arzt
Frau Bulut hat starke Schmerzen und kann heute bei keiner Therapie mitmachen.

Frau K
Die Arme.

Frau von R
Ich habe mir auch überlegt, nicht zu kommen.

Arzt
Wir sind froh, dass Sie dabei sind.

Frau von R
Dafür werden Sie ja bezahlt.

Frau X
Entschuldigen Sie, uns geht es heute allen nicht besonders gut.
Ich glaube, es ist das Wetter.
Wir wissen, dass Ihre Zeit sehr wertvoll ist.

Frau K
Wieso gibt es keine Studien zu Wetter und Schmerzen?

Stefanie
Ich habe eine Frage.

Arzt
O.K.
Fragen Sie.

Stefanie
Sprechen wir hier auch darüber, dass sich mehrere von uns das Leben nehmen wollen?

Arzt
Entschuldigen Sie?

Stefanie
Jeden Tag begrüßen Sie uns mit »Wie geht es Ihnen?«
Und jeden Tag sagt jemand »Heute ist es besonders schlimm« oder »Ich leg mich gleich hin«, »Es war schwer zu schlafen« und so weiter.
Jeden Tag sagt jemand »Schau, das offene Fenster«
Das kann nicht ewig so weitergehen.

Frau X
Heute habe ich das Gefühl, mein Gehirn wird durch eine Fleischmaschine gepresst.

Frau Sonnenschein
Gutes Bild.

Arzt
Also –

Stefanie
Frau K, Ihnen geht's heute auch besonders schlecht.

Frau K
Ach …

Frau Sonnenschein
Sie hat recht.
Du siehst aus wie ein Würfel Zucker in ner Pfütze.

Frau K
Gestern dachte ich, die Klinik hat was mit mir gemacht.
Heute sind die Schmerzen wieder da. Alles in mir ist –
zusammengeschnurrt.
Mir ist ganz übel.
Ich bin einfach nicht so fröhlich heute, es ist diese, eine …
Ehhh –
Ich kann gerade nicht klar denken.

Frau von R
Enttäuschung.
Sie suchen das Wort »Enttäuschung«.

Arzt
In Ihren Krankenakten steht, dass Sie alle frei von suizidalen Verhaltensweisen und Gedanken sind.

Stefanie
Sie verstehen es nicht.
Wie sollen wir weitermachen?
Und wie können Sie uns dazu beraten?
Hatten Sie überhaupt jemals chronische Schmerzen?

Arzt
Das ist nicht relevant.
Ich bin Spezialist.

Frau Sonnenschein
Ich finde das hoch relevant.

Arzt
Ich habe mich viele Jahre auf chronische Schmerzen spezialisiert.
Ich lese jede wissenschaftliche Studie, die zu diesem Thema veröffentlicht wird.

Frau Sonnenschein
Werden diese Studien nicht hauptsächlich mit Männern durchgeführt?

Stefanie
Ich glaube, auch mit männlichen Ratten.

Die Junge Patientin
Die können nicht mal weibliche Ratten finden?

Arzt
Ich habe Bücher geschrieben. Dafür habe ich viele Interviews mit Patienten geführt.
Ich habe ein offenes Ohr für Ihre Beschwerden.

Frau von R
Aber Sie wissen nicht, wie es sich anfühlt.

Frau K
Im eigenen Körper gefangen zu sein –

Frau X
In einem Körper, der macht, was er will.

Arzt
Dieses Bild kann sehr schädlich sein.
Ihren Körper als Feind zu sehen.
Ich will Sie dazu einladen, Ihre Gedanken umzustrukturieren.

Frau von R
So fühlt es sich aber an.
Wieso bringt der Körper sonst solche Schmerzen hervor?
Will er mich bestrafen?

Arzt
Ich wäre da sehr vorsichtig.
Sie müssen daran glauben, dass Sie etwas ändern können.
Langsam, aber allmählich.

Stefanie
Es dauert zu lang!

Arzt
Bitte, bleiben Sie ruhig. Ihr Nervensystem hochzufahren, tut Ihnen nicht gut.
Pause.
Haben Sie sich mal gefragt, ob Ihre Schmerzen Ihnen etwas geben?

Pause.

Die Junge Patientin
Ist es möglich, dass jemand Schmerzen hat, weil sie zu viel

gearbeitet hat?
So wie ein Kurzschluss im Körper?

Arzt
Könnten wir zuerst bei meiner Frage bleiben?

Die Junge Patientin
Ja, ich hatte aber bisher keine Gelegenheit, meine Frage zu stellen.

Arzt
Na gut. Theoretisch, vielleicht.
Schmerzen können eine spontan auftretende Krankheit sein, und sie können genauso spontan verschwinden.
Das sollte Ihnen Hoffnung geben.
Vielleicht ist es wahr, dass Sie überarbeitet waren.
Aber meistens sind Schmerzstörungen leider völlig zufällig. Wieso, wissen wir – noch – nicht.
Wer von Ihnen kann den genauen Moment oder Tag benennen, an dem die Schmerzen erstmals aufgetreten sind?

Frau K, die Junge Patientin und Frau X heben ihre Hände.

Arzt
Der Verlauf ist bei jeder Patientin anders.

Frau Sonnenschein
Ich möchte nicht mehr funktionieren.

Frau X
Immer was für andere tun.

Arzt
Vielleicht ist das etwas, was Ihre Schmerzen erlauben.
Eine Pause vom Funktionieren.

Frau K
Mathilde, wie musst du bitte funktionieren?

Frau Sonnenschein
Frauen müssen immer funktionieren.
Vielleicht sind deshalb nur Patientinnen hier.

Arzt
Pause. Er weiß nicht, was er sagen soll. Dann –
Das ist noch nicht bewiesen.

Frau Sonnenschein
Und wieso sind eigentlich nur Frauen hier?

Arzt
…
Das wissen wir – noch – nicht.

Frau Sonnenschein
Sie wissen anscheinend sehr wenig.

Frau Sonnenschein steht auf, geht aus dem Kreis und legt sich auf den Boden. Für den Rest der Szene bleibt sie da.

Arzt
…
…
Der Körper ist ein Mysterium.
Pause.

Aber wenn Sie unseren Anleitungen folgen, sollten Ihre Schmerzen weniger werden. Wir hoffen auf eine 50%ige Verminderung.

Frau von R
Sie meinen: Entspannungstechniken und Sport?
Wissen Sie, wie alt ich bin?
Wie soll ich noch Sport machen?

Arzt
Zügig gehen ist eine sehr gesunde Art, Ihren Körper zum Schwitzen zu bringen.
Pause.
Außerdem vergessen Sie die Medikamente und das regelmäßige Essen.
Und die Vermeidung von Reizen.

Die Junge Patientin
Entschuldigung, aber – es ist nicht möglich, die ganze Zeit Reizen aus dem Weg zu gehen.
Ich hab doch keine Kontrolle über die anderen Menschen, ob sie gestresst sind oder krank werden oder ob ich eine Prüfung habe. Soll ich nie wieder mit der Bahn fahren?
Wie soll ich ein normales Leben führen?

Arzt
Sie müssen lernen, mit weniger Aufregung Ihrem Alltagsstress zu begegnen.
Ihr neurodiverses Gehirn reagiert stärker auf Reize als bei anderen Menschen.
Es kann sein, dass ein »normales« Leben unter diesen Umständen nicht möglich ist.
Aber was bedeutet denn normal …

Die Junge Patientin
Wie alle anderen halt.

Frau X
Das geht nicht! Manche von uns müssen – wir haben Familien.

Stefanie
Woher wissen Sie überhaupt, dass diese Medikamente und Strategien funktionieren?

Arzt
Wir haben unsere Studien.

Stefanie
Gab es nicht auch mal Studien, die sagten, dass eine Lobotomie ein gutes Mittel gegen Schmerzen wäre?

Frau X
Lobotomie?!
Ich will keine Lobotomie.

Arzt
Das machen wir nicht mehr. Lobotomien haben zwar die Schmerzen vermindert, resultieren aber in geistiger Dumpfheit. Lobotomien waren grundsätzlich ein Fehler. Sehr gut gemeint, aber ein Fehler.

Die Junge Patientin
Die Medikamente führen manchmal auch zu einer Art geistiger Dumpfheit.

Arzt
Dann sollten Sie Ihr Medikament wechseln.

Frau von R
Mein Vertrauen haben Sie mit der Geschichte der Lobotomie nicht sehr gestärkt.
Wenn die Medizin schon mal so einen großen Fehler gemacht hat –

Arzt
Die moderne Medizin ist sehr viel stringenter als die in den 50ern.

Stefanie
Das alles soll uns zum Weiterleben motivieren?

Arzt
... Sollten wir uns um Sie sorgen?
Möchten Sie mit Ihrer Therapeutin sprechen?

Stefanie
Nein.
Ich möchte nur verstehen, wieso ich hier bin. Und warum dieser Ort so gut sein soll. Was genau soll ich hier lernen? Meine Schmerzen sind nicht psychologisch – ich hab sie nie erfunden.

Arzt
Niemand sagt, dass Sie Ihre Schmerzen erfunden haben.
Pause.
Ich verstehe, dass es nicht einfach ist.

Stefanie
Nein, das tun Sie nicht.
Für Sie ist es eine Theorie.
Für alle, die es nicht erfahren, ist es nur eine theoretische Existenz.
Sie denken, Sie können es sich vorstellen,
aber Schmerz kann man nicht erklären oder in Worte fassen.
Sie können es sich nicht vorstellen, konstant Schmerzen zu empfinden.
Jeden Moment, ohne Erlös.
Für uns ist es die Realität.

Pause.

Arzt
Ich würde Sie alle sehr ermutigen, sich zu überlegen,
ob Ihre Schmerzen Ihnen etwas geben.

BILD 6

So viele Performerinnen wie möglich legen sich auf den Boden auf einer Wiese und zittern mit ihrem ganzen Körper (siehe die Methode TRE – Neurogenes Zittern).

Es waren elf Tage.
Elf Tage, Schmerzen Level 9 von 10.
Und
Irgendwas ist kaputtgegangen.
Dieses Mal
Starrst du die Wand an
Die Zeit schwimmt an dir vorbei, unendlich langsam und ohne Gefühl
Neben dem roten Kühlschrank ist ein Klecks
Irgendein Schmutz.
Du bist nicht mehr in deinem Körper
Ein Teil von dir ist nicht mehr da
Die Lichter sind an, aber keiner ist zuhause.
Du wirst zurückkommen, sagt deine Mutter,
Das wirst du.
Als müsste sie es sich selber versprechen
Damit sie nicht verzweifelt.

SZENE
Stefanie, Frau X und Die Junge Patientin sitzen auf Liegestühlen am ersten sonnigen Tag des Jahres. Frau X zieht eine Sonnenbrille aus ihrer Tasche und setzt sie auf. Stefanie zieht auch eine Sonnenbrille aus der Handtasche. Die Junge Patientin hat keine Sonnenbrille. Stefanie zieht einen Hut mit einer Krempe aus ihrer Tasche und gibt ihn der Jungen Patientin.
Stille.
Sie sitzen in der Sonne.

Frau X
Ich fühle mich heute wie eine Blume.

Die Junge Patientin
So sehen wir auch aus.

Stefanie
Wenn wir jetzt ein Eis hätten …

Frau X
Pistazien.
Oder Kokos.
Pause.
Ich freue mich auf zuhause. Auf mein Sofa. Auf meinen Mann.

Stille.

Ich liebe mein Sofa.
Ich habe es im Internet entdeckt auf meinem iPad und war sofort davon begeistert. Es ist blau und so kuschelig.

Ich liebe mein Sofa, weil ich den ganzen Tag da … verweile.
Ich schaue gerne meine Soaps.
Ich glaube, ich bin die Einzige, die sich auf ihren Mann freut.

Stefanie
Ach, aber …

Frau X
Mein Mann reibt mir immer die Füße, wenn er nach Hause kommt.
Mein Mann heißt Jürgen und er versteht mich meistens nicht, aber ich verstehe ihn.
Er versucht es, aber er wird mich nie verstehen, und das liebt er an mir. Dass ich … mysteriös bin.
Dabei bin ich ganz einfach.
Wir lachen sehr viel.
Ich habe meine Familie verlassen für ihn.
Ich habe nie zurückgeschaut
Weil er mein Alles ist.
Er hat mir dieses Sofa geschenkt und meinen Fernseher.
Durch den Fernseher habe ich Deutsch gelernt.
Und mich an zuhause erinnert.
Es tut ihm weh, dass ich leide.
Aber er bringt mich immer noch
Jeden Tag zum Lachen.
Wenn meine Enkelin kommt, bringt er sie auch zum Lachen.
Das macht mich so glücklich.
Pause.
Ich wollte gesund werden.
Damit ich meiner Enkelin beim Großwerden zuschauen kann.

Wir könnten dann zusammen meine Lieblingssoaps schauen,
Zusammen verreisen,
Und wenn meine Zeit vorbei ist, würde sie an meine braunen Arme um
Ihren Körper denken
An meinen Geruch
An die Figuren im Fernsehen, die in anderen Lauten ihre Liebe verhandeln.
Und wie ich immer mit meinem Gesicht der Sonne entgegengekommen bin.
Pause.
Es ist angenehm mit euch.
Pause.
Schau! Die Vögel!

Die Junge Patientin
Bedeutet das etwas?

Pause.

Frau X
Nur, wenn du es willst.

BILD 7

Die Performerin steht im Wald zwischen Bäumen.
Sie fasst die Bäume sanft an, bis sie den richtigen findet.
Dann steht sie vor dem Baum und versucht ihn zu imitieren.
Die Performerin wird ganz still. Sie und der Baum schauen sich in die Augen.
Lichtwechsel.

SZENE
Mitten in der Nacht, am Ufer. Frau X, Frau Sonnenschein, Frau K, Frau von R, Elif, Stefanie und die Junge Patientin.

Stefanie
Häh, das ist nicht mehr das Gelände der Klinik …

Pause.

Frau Sonnenschein
Wir mussten mal raus.

Pause.

Frau X
Hier am Ufer ist es so friedlich.
Wieso sollen wir hier nicht sein?

Frau von R
Sie vertrauen uns nicht.

Pause.

Die Junge Patientin
Wisst ihr noch, wie der Arzt uns fragte, ob uns unsere Schmerzen was geben?

Frau K
Ich würde gerne zusammen mit euch atmen.

Frau von R
… wieder meditieren?

Frau Sonnenschein
Sie hat gesagt – atmen.

Pause.

Die Junge Patientin
Darüber habe ich viel nachgedacht.
Auf eine Antwort bin ich nicht gekommen.
Nur bemerkt –
Wie viel mehr ich … bin.
Ihr auch?

Sehr lange Stille.
Irgendwann … atmen die Frauen vielleicht alle zusammen.
Oder … vielleicht ***sind*** *sie einfach.*

Dann.
Stefanie
Ich möchte eigentlich eine Antwort.

Pause.

Frau X
Mir werden die Schmerzen noch mehr bewusst.

Pause.

Die Junge Patientin
Die Welt flirrt.
Zwischen dieser Welt und der nächsten ist nur eine feine Membran.

Frau K
Du musst es wirklich wollen.

Die Junge Patientin
Hier sein, also wirklich sein –
Vielleicht ist das …

Lange Stille.

WARTEZIMMER

Das Wartezimmer ist leer, außer der Jungen Patientin.
Die Junge Patientin sitzt und schaut sich auf die Hände,
immer wieder schaut sie zum Fenster.
Das Licht wendet sich von grau zu hell.
Das Sonnenlicht fließt durch das Fenster.

Sie steht auf, geht zum Fenster. Macht es auf. Auf einmal hört sie eine spielende Gitarre, die den Raum mit ihrem Klang füllt. Sie öffnet die Pfefferminzölflasche und tut ein bisschen Öl auf ihre Finger. Sie reibt das Öl auf ihre Stirn, neben die Augen. Der Raum riecht nach Pfefferminz, die Gitarre spielt weiter.

Sie setzt sich wieder. Sie blättert durch ein Heft. Sie tut das Heft zur Seite. Sie schließt die Augen.
Die Musik ist auf einmal still.

Nach einer Weile steht sie wieder auf und geht zum Fenster. Sie schaut wieder raus, dieses Mal lehnt sie sich weiter aus dem Fenster, vielleicht beobachtet sie die Backsteine im Hof oder die Blätter am nächsten Baum. Vielleicht beobachtet sie diese etwas zu lang.

OPTIONAL:
Über ihr geht ein Licht an.
An sechs Fenstern stehen fünf Frauen.
Stefanie ist nicht dabei, ihr Fenster ist leer.

Die Musik fängt auf einmal wieder an.
Die Tür zum Ärztezimmer geht auf.

Krankenschwester
Frau Park?

Eine lange Stille.

Die Junge Patientin
Die Sonne scheint …

Eine lange Stille.

Licht aus. Ende.

Danke

Mit great Gratitude an die Frauen, die mir in den Kliniken begegnet sind: Für eure Resilienz, Witze und das Dasein. An die, die über die Jahre die Schmerzen begleitet haben, nicht aufgegeben haben, mitgelitten haben. Ich habe keine Worte. Nico, Catherine, Lili, Emilie, M, vor allem. Wie oft ihr mir zugehört habt, mir geglaubt habt, es wahrgenommen habt. Thank you.

An Anna-Katharina Müller, für den unglaublich feinfühligen dramaturgischen Support, für die Wort-für-Wort-Analyse und all die Arbeit. Auch an Christopher Adams-Cohen und Anja Sackarendt, for being the first to talk me through everything. An John Von Düffel, danke für dein ›Du musst es schreiben‹. Paul Brodowsky, für deine Worte. Svenja Viola Bungarten und Sarah Claire Wray, die unholy Trinity. Noemi Berkowitz, Lisa Wentz und Katharina Kern. An Anouchka, für das Krankenhauspaket. An meine liebsten Mitbewohnis, die den Frauen Stimmen gegeben haben. An das erste Team am Theater Bremen – vor allem Christiane Pohle und Regula Schröter. Mit großem Dank an Theresa Schlesinger, für dein Glauben an diese Worte. Für die Gespräche, die mir sehr viel bedeuten.

Danke an alle, die nachgefragt haben, den Text gelesen haben, und an all die, die ihr mir immer euren größten Support schenkt. Ohne euch gäbe es all das nicht.

Patty Kim Hamilton studierte an der Stanford University und an der Universität der Künste Berlin. Sie lehrt, schreibt, arbeitet dramaturgisch und führt Regie. Ihre Stücke *Peeling Oranges* und *Sex Play* (engl.: Re: *Jane Doe*) gewannen mehrere Preise. In der Spielzeit 23/24 ist sie Hausautorin der ATT Ateliers am Deutschen Theater Berlin.

LiLi 丽丽 Nacht ist Künstlerin, Lehrerin und Kuratorin. Ihre Arbeit basiert auf dem Erzählen von Geschichten historischer und kultureller Kontexte und dem spirituellen Rahmen asiatischer Traditionen. Sie ist Teil von MengCheng 梦成团 Kollektiv.